所有与唯一

All
and
Only

周李立

著

南方出版传媒
花城出版社
中国·广州

图书在版编目（ＣＩＰ）数据

所有与唯一 / 周李立著. -- 广州 ：花城出版社，
2020.5
ISBN 978-7-5360-9052-1

Ⅰ．①所… Ⅱ．①周… Ⅲ．①长篇小说－中国－当代
Ⅳ．①I247.5

中国版本图书馆CIP数据核字(2020)第053438号

出 版 人：肖延兵
责任编辑：文　珍　周思仪　周　飞
技术编辑：凌春梅
封面插画：凌炳灿
封面设计：SUA DESIGN
suadesign.zcool.com.cn

书　　名　所有与唯一
　　　　　SUOYOU YU WEIYI
出版发行　花城出版社
　　　　　（广州市环市东路水荫路 11 号）
经　　销　全国新华书店
印　　刷　佛山市浩文彩色印刷有限公司
　　　　　（广东省佛山市南海区狮山科技工业园 A 区）
开　　本　880 毫米×1230 毫米　32 开
印　　张　7　1 插页
字　　数　139,000 字
版　　次　2020 年 5 月第 1 版　2020 年 5 月第 1 次印刷
定　　价　32.00 元

如发现印装质量问题，请直接与印刷厂联系调换。
购书热线：020 - 37604658　37602954
花城出版社网站：http://www.fcph.com.cn

·上部·

1

李唯一脸上青春痘的大规模爆发，说起来是从被志强打一耳光开始的。痘痘军团决计为那颗破灭阵亡的同胞复仇来了，先长出十来个，十个变出百个……跟他长个子的势头同样疯狂——李唯一的身高小学一年级后就是全班第一了。

因为他爸爸李志强个头都那么高嘛——人们为这个一米七的十二岁孩子做出理所当然的遗传学分析。

铁路电工李志强，有三个标志。一是体型，身高一米八六，在县城火车站鹤立鸡群，体重勉强一百斤。尽管电务段普遍都是竹竿身材，他显然也更配得上这个比喻。二是他见人打招呼的方式，两肩耸起，脖子乌龟出壳那样前伸又迅速撤回，这套动作在很多人心里都被略带贬义地简称为"点头哈腰"。此外每当谈到"志强"这个常见的平庸名字——那位同名地产商成名后，这种情况更常出现——他会回顾当年在部队，全连三位"志强"，按年龄大小，他排老二，或者回顾他在别的什么地方遇上的多位同名的人……仿佛他有某种义务主动证明，志强这名字，果然平庸。然后因为又追忆了一次老掉牙的往事，他用动作表示歉意，摸着头发，在左右脸上各笑出一个横向的"二"字形的褶皱。这尴尬的笑面是他第三个标志。

青春痘和身高这两样"茁壮"，都违了李唯一的愿。

李唯一小时候也是漂亮过的，圆眼睛特别大，脸颊是粉玫瑰色的。他身上从未出现县城火车站其他孩子穿的那些改小后的绿色劳保服装，他甚至从不穿绿颜色的衣服。他的白胶鞋等不及泛黄便换成簇新的一双，白得耀眼——在那个小朋友们都将白胶鞋视为得哭闹一番才会获得的奢侈品的年代，李唯一的床底下，所有尺码的白胶鞋存量充足，按鞋号从小到大放进纸箱，足够他穿到十八岁。

李唯一小时候不必穿绿色的劳保服装，是因为每年冬夏两季，在成都百货公司文具柜台当售货员的姑妈李晓西，会给他寄来两身新衣。李晓西从没搞错过小衣服的尺码。姑妈要求的回报是，每年儿童节李唯一都要在县城照相馆拍两张身穿新衣的扭捏照片，寄给她以供闲暇欣赏。

李唯一的母亲，小雁，会抢先拆开那些通过铁路货运来的包裹。她拉出一件，是小衣服，再一件，是小裤子，往后每件都是李唯一合身的尺码……年年如此。于是小雁每年两次深觉怅惘并情绪低落，这两次一般分别是儿童节前与春节前，而其他大多数时候她都是乐呵呵的。小雁也知道，自己明明不应该期待李晓西会把成都百货公司最抢手的女士蝙蝠衫"顺便"塞进包裹。因为早在1984年小雁就去过成都，当时小雁主动伸向李晓西的右手，被李晓西无视长达五秒，但小雁直到1997年都仍对李晓西怀着不切实际的憧憬。

至少小衣服不要我花钱——如果小雁这样想，低落的情绪就会缓解不少。两天后，小雁心情平复，才会提醒自己，记得亲戚之间要礼尚往来，所以得给李晓西寄几双白胶鞋，地址是成都星月巷的志强父母家。

小衣服的款式一度引领县城的童装潮流。其实县城火车站的人觉得，那些设计看起来有点怪，但又觉得有点好，让人说不出哪里好，也说不出哪里怪，那就更值得他们费脑筋了。李唯一常被路上陌生的阿姨们围住，她们大方地搓一搓他身上衣服的料子，再研究一番裁剪，问衣服哪里买的？

成都——李唯一确定自己迅速回答后，才会被称赞聪明可爱，但他更期待之后她们对他做的事：在放他离开前，她们偶尔会往他镶花边的上衣口袋里塞几颗大白兔，因为耽误他的行程，用大白兔表示甜蜜的歉意，她们还说过，"成都的娃娃，就是不一样，不要瞧不起我们的糖。"

上小学后有一次，李唯一被叫去教师办公室，因为他和作业向来互相折磨，他去得战战兢兢。去了发现，不过仍是路上的老一套。四位女老师整个课间休息时间都在研究他身上毛衣的针法，只是并没给他一颗糖果。

李唯一吃下的大白兔，让他从味觉上记住了成都——他认为是，甜的。他见过自己两岁时在成都武侯祠拍的那张照片，因为全无记忆，他不认为照片上一脸不得已的哭相的小孩，正是他本人。可惜他的父母总是确定无疑地撒谎，还告诉所有人"看啊，这就是李唯一小时候"。后来他懂得，四岁以前的人类都是不会产生记忆的白痴，才接受照片或许真是自己的残酷现实。但他也认定，自己当时一定很不开心。

与成都有关的另一张照片，压在餐桌玻璃板下，黑白照片上两位笑意恐怖的老人，仿佛从几百年前一直活到现在。吃饭时，志强经常把手指搁在老人的脸上，快速敲击两张看上去已经经不住任何击打的枯瘦的脸。志强敲着手指，一边眼含期待，看向李唯———这意味着李唯一务必立刻配合他的暗示，朝手指下的玻璃板喊：爷爷、奶奶。

"爷爷奶奶在哪里呢？"

"成都。"

除非他有老者的耐心听完志强背诵李家家谱，否则他最好是尽快回答，越利索越好。这种了无新意的把戏持续到1990年，也是李唯一八岁以后，才逐渐被志强厌倦。

这都是成都让李唯一感到不适的部分。此外，成都还是一个会源源不断派来衣服的地方。无论李唯一自己对服装的喜好是什么，包裹里的衣服都剥夺了他对着装进行自由选择的权利。

县城火车站有一定年纪的人，还会记得，1982年冬天有场罕见的大雪，还有雪后，志强身披绿色棉大衣，走在铁轨边的碎石斜坡上的样子，就像远处一棵移动的树苗。被他穿成形同身上一床厚被子的绿色长棉衣，正是这年立冬那天发给铁路职工人手一件的劳保福利。那个极寒的冬天空前绝后，发绿棉衣的大福利，因而也仅此一次。不过同类福利从未断绝，包括同色春秋装与夏装、可拆成一堆能编织汗衫的卷曲的白棉线的劳保手套、和衣裤同色的绿胶鞋绿棉袜。这些免费物资足够把县城火车站每个人从里到外都弄成绿色的。

大雪持续了一天一夜,火车站连同四周的高山,很笼统地被大雪盖得严严实实。大片白色里,残余几条闪耀着黑褐色光泽的铁轨幸免于难。轨道间散落的,都是步履迟缓、大大小小的绿人。雪后初晴,人们穿上新棉衣,出门踩新雪。踩雪的人就留意到,志强竟把婴儿抱出门踩雪。他抱婴儿很像抱一只兔子。因为积雪,他没能推出那架非凡的婴儿车,也因为积雪,他得带婴儿出门——赏雪。

但凡有人靠近些,志强便先凑上前,神秘兮兮掀开绿毛毯的一小角,让对方看婴儿的脸,更像是对自己的某种壮举进行展示。人们看到沉睡中的一张小脸呈透明的粉红色,脸型酷似小雁,五官舒展——总之这张脸,是配得上来赏一场数十年罕见的雪景的。人们后来念念不忘的,正是这张过早脱离了皱褶丛生的婴儿时期的脸。

这些传说中的漂亮,如今并没在李唯一脸上余留半点遗迹,也许他的五官只适合放在儿童的脸型上。到年岁渐长,脸型变瘦长,耳鼻口就都像放错了位置。

同样长错掉的,还有一米七八的个子,因为这让他遍布痘坑、五官失衡的脸,更醒目,更容易被平均身高不超过一米七的县城人仰望。只有眼睛如幼时,大而圆,偶尔也泄露仍属少年的稚嫩余韵,此外他外貌的其他方面,都应属于饱受挫败、仓皇不已的成年人。

2

志强打李唯一那一耳光，打在 1995 年初夏。

事情从那天志强回家开始，他迎头先见的是李唯一正对着家门的两只光脚。他发现光脚不似往常呈"八"字形撇开，而是一只压着另一只，脚腕交缠。这说明李唯一侧躺着，简直破天荒——他还把两腿都伸直了！

李唯一对志强这样表过很多次的态，"我都弯着腿睡觉。"

因为他不敢平躺在那张三面都紧贴墙壁的小床上——那像是睡在一口棺材里。脑袋上方的搁板，离他很近；搁板上的衣服和书本，有时掉下来砸脸上，把他从总是会出现棺材的噩梦里惊醒。他宁愿侧躺，长腿尽可能蜷缩，把自己从形状上睡回到胎儿时期。这样的睡姿据说最让人感觉安全，也最能让志强感觉内疚。

志强固然欣喜于李唯一无法忽视的成长，他每天都不耽误地蹿个子。但打开家门总看见两只光脚悬在床脚边儿，志强也很愧疚——这张小床装不下李唯一了。

他想，我李志强就算能做出婴儿车、搭一个多边形的厨房，还能把空白墙面都钉上放东西的搁板，也没法让一室一厅的房子变大，大到足够再放张单人床让儿子伸着腿睡觉。

志强这天看见的，是被夏季薄毛毯遮住一半的小腿，腿上几根腿毛的排列分布，预示它们将很快长势喜人。再往上看去，毛毯那头钻出大小两个脑袋，一个是李唯一，另一个是小雁的二姐的孩子，八岁的女孩，薇薇。

薇薇躺着说，姨父好。

李唯一被几颗青春痘点缀起来的脸，拧向一侧的墙面。

"薇薇来耍了？你们……大白天的，在干啥子？"志强有些疑惑，这场面也让他感觉古怪。他不知道薇薇什么时候来的，也许是被小雁从牌桌上薇薇那位以打牌为职业的母亲身边领回来的。还有，表兄妹的午睡如果到这日暮黄昏时还未起身，至少也表明这是两个贪睡的懒小孩。

"没干啥子。"李唯一冲着墙壁回答。

薇薇咯咯笑。

是这不合时宜的笑声让志强开始烦躁的，他确定自己被女孩嘲笑了，尽管不知道因为什么。

一米八六的李志强，站在床脚，只需要微微俯身，就掀开了绿色的毛毯。

薇薇"啊"一声叫起来，这个年龄的女孩说什么都像是嗔怪，"姨父，孩子还没出生哦。"这语气说什么也像是有潜台词，志强听出的潜台词就是，"你急啥子嘛？现在还不能掀毛毯。"

他看见，薇薇的粉红色圆领小衬衣，在小肚子的地方鼓得很高，依稀看出衬衣里面被塞了什么东西。两只蒲公英蕊儿似的小手，正一上一下地拍着那圆滚滚的地方，就像男人们酒足饭饱后下意识拍肚皮。

他突然就明白了，薇薇在假扮孕妇，即将临盆那种。

"我们在过家家，"女孩说，"我是妈妈，唯一哥哥是爸爸。"

因为躺着说话，她不得不费力垂着眼睑，才能看见床脚那头的姨父。尽管如此，志强也从女孩眯成缝隙的两丝目光里，看出一种浅薄而愚昧的洋洋得意。那一瞬，他习惯性地想到，这不堪的场面，连同许多让他恼怒的事一块儿，都得归咎于妻子那些愚蠢的家人——他们粗俗却又傲慢得敢于鄙夷所有人的模样，简直就是在表演什么叫典型的乡镇气质——他们从不知道怎么对待孩子，只是放任自流，让孩子没心没肺地长大，再生下愚蠢的后代。不是么？看起来薇薇正向往积极参与到这种周而复始的循环里。

其实志强与妻子家人的交往不多，那都是在李唯一出生前了，比如夫妻排班凑巧一起空闲的时候，志强也陪着小雁去和她三个姐姐打麻将，那时他还有身为大家庭新成员的谨慎与忐忑，因此他也从不提他认为这项家庭社交活动粗俗又单一的话。

小雁有三个亲姐姐，她们都已在县城成家。理所当然地，她们安排志强跟三位连襟打另一桌。四位连襟中，志强身份显赫，因为只有他，是这拥有四个女儿的家庭的"成都女婿"——很多年他都被连襟们这样称呼。他心知肚明，他们这样称呼他，并非像他们宣告的那样，是因为可以被理解的妒忌，而是出于以为他察觉不出的公然的嘲讽，尤其在他狠狠输钱的时候。

但志强才不为输钱心焦呢。他作为铁路局职工的收入，在县城堪称翘楚。只是在牌桌上长年输给三位连襟，也免不了让他被他们鄙视，时日长久必然伤及自尊。何况这种输赢基本与运气无关，志强知道自己输就输在牌技不佳。

小雁的大姐二姐，牌技好得终生以此为业；最小那个三姐稍逊一筹，如她自己说，是因为在印刷厂的正经工作，耽误了她不少磨炼牌技的实战时间。总之在县城，没人能在牌桌上长久赢过小雁的家人。而志强硬着头皮把家庭麻将一直打下来的不二原因，始终是永恒的"三缺一"——他不得不上。

李唯一出生后，这项家庭活动就可以被志强拒绝了，带孩子抽不出时间是个天经地义的理由。只要不跟妻子的家人经常见面，志强觉得，就不必在乎他们怎样对待他了，然而又可恶又没想到的是，看起来，他们现在正在把他的儿子李唯一，给牵扯到他们那种生活里去了。

"混账。"志强脱口而出，同时一只巴掌不知不觉已然抬起，挥向李唯一。

因为李唯一侧躺着，志强只能拍在他长青春痘的左脸上。也是因为左脸有青春痘，李唯一别无选择只好朝右躺。

青春痘破掉的是最成熟的那颗，红里透白的痘痘在李唯一的左脸上饱满发光了整整两天，像那种磕不得碰不得不然就爆裂给你看的小红番茄。李唯一顶着"小番茄"已经过了两天，差不多也在一触即发的边缘。

白色脓浆鼻涕似的，在志强手心粘了一大坨，他顾不上为此专门恶心，因为他的当务之急该是去检查儿子泛出几根指印的脸。除了白的脓液，他还看见小股的红的血，从本就红肿的现在又绽裂的创口，欢快地涌出来。

"哎哟。"志强忙用手去捂流血的地方，一时忽略了手心的白色脓浆，幸而李唯一在父亲的手掌再度抚上脸颊前，迅速拧转了脖子，同时避开了巴掌与脓浆。

这是志强第二次打李唯一，但李唯一认作这是第一次，意义非凡。

那些年，李唯一曾将无数张排名倒数的成绩单带回家，志强也舍不得动李唯一一下。虽然他也很多次把胳臂都抬高了，但大多数时候那些巴掌都落在了志强自己脸上，似乎那些成绩单并不代表李唯一的不成材，只不过是在宣告志强的过失。

都怨志强总上夜班，小雁又始终上"三班倒"的班。父母不在家的夜晚，李唯一只好自由自在处置时间。家庭作业无法得到家长的重视还有辅导，可怜的孩子根本就在独自应付这一切——志强还怎么有脸去怪罪孩子？

所以李唯一的晚餐才会被更精心地安排，毕竟确保营养才有助于智力发育。然而李唯一在搁板上"完成"的家庭作业上那些无处不在的空白，没想到用"营养"都填不上。

李唯一在搁板上写作业，也是情非得已。

李唯一六岁那年，他们搬入这栋铁路局新建的职工公房。按照工龄排位，志强分到一楼最角落这套一室一厅。房子对应资历，因此布局奇特：进门是狭长的厨房，左转往里走，才是也很袖珍的客厅。厨房差不多有星月巷的老衣柜大小。

在志强两个月的精心改造后，衣柜大的厨房内，水电线路和灶台全都不见了，一张跟厨房等大的小床在此间问世。床的三面顶住墙壁，床脚正对家门——这是李唯一的床，也可以说，是李唯一的卧室。

又是两个月，这栋楼外，紧贴志强家客厅的外墙，凭空冒出一间足有十几平方米的木板棚屋。棚屋外形为不规则的多边形——那种要么是外星人要么是天才才可能做出的设计。

经过研究，人们发现，不规则形状能确保棚屋避开公共下水井盖，又能尽可能多地占用公用面积。远看去，棚屋就是楼房悬在体外的一团黑漆漆的肿块。

但凡走进过"肿块"内部的人，却都感到眼前一亮。棚屋内的水电线路布置得规规矩矩、横平竖直。灶台旁是操作台，台面用水泥抹得比镜子光滑。操作台上方开有两扇木窗，木料上隐约可见电务段为电务材料打上的数字编号。

人们结伴参观过这些充满想象力的工程——一间相当完美的自建厨房，为巧妙的设计惊叹，"还是成都师傅会过日子嘛。"

小床上方是三层搁板，也让人们思路大开。他们见证过志强爬上小床，长腿长胳臂在上面别扭地摆出姿势，他不善讲解，只好亲身示范搁板的用途。人们这才恍然大悟：李唯一上学后，可以盘坐床头，伏在搁板上写作业。上两层搁板分别是衣柜和书架。至于走进家门先迎头撞上孩子的床，这就是并非不能忍受的问题了。

李唯一确实独自应付晚上的时间，那些时间当然不必浪费在搁板上。毕竟县城电视台每天晚上都在滚动播出《猫和老鼠》呢，或者睡觉，二选一就已经让他的抉择很艰难。《猫和老鼠》的配音是四川话的，在县城电视台看来，只有入乡随俗的节目才能让人百看不厌。

志强还是怪罪于妻子，他对小雁说，"我们都只有小学文化，是不是没多余的智商遗传给儿子？"

小雁对什么事总体都怀抱着认命后的乐观，这让很多事到她嘴里就变得可笑了。她不知道她以为的可笑的事，对志强可能恰好是一种激怒。她说："我们小学文化是因为停课，说啥子智商？李唯一看起来这么精灵一个娃娃，哪里看得出来他读书不行，是个草包。"她还坦白说，其实当年就算停课前，她也没考出什么像样的分数，但不妨碍她十五岁离家就在国企的饭碗里吃饭——太值得骄傲了。

志强已经可以忍受小雁抱怨他、抱怨他在成都的家人，但绝不忍受她轻视他的孩子（不过那也是她的孩子）。

"你怎么会说自己的孩子是草包？"

她答道，"每学期都倒数几名，不是草包，未必是天才？"她说出"天才"的语调，似乎更接近嘲讽，或者接近于说起另一桩可笑的事情的语气。对小雁而言，草包没什么贬义，不过是她习惯的被志强归类为"乡镇口音"的表达，像她一高兴就把李唯一唤作"猫儿狗儿牛儿羊儿"一样，无论褒贬，都同样不堪入志强诞生于成都的这双耳。

3

志强是 1980 年跟小雁结婚的。也算不上情投意合，只勉强称得上是两厢情愿。如果志强在工作后的几年里，与车务段某位女列车员在车站工会操办的周末舞会上一见钟情，抑或，他迫于父母的压力，不得不接受娶一位适宜生养的同籍女士为妻——就像他身边大部分人——那么志强的故事会是另一个故事吗？似乎也说不好。

电务段段长是志强和小雁的介绍人。这种介绍只是出于电务段历史上全是单身男工才不得不如此的一种传统。这种"介绍"通常都安排在有三张黑沙发的电务段会客室进行。会客室大部分时间都闲置无用，大铁锁常年吊在门闩上，每逢开门启用，就非常惹人瞩目了。

那天走进会客室的被介绍人正是李志强。他只看过一眼对面沙发上的人，知道这就是另一位被介绍人了。两张沙发间的距离，只够他看见一张雪白粉嫩的脸，五官都很模糊，可能也是因为他过于紧张，没敢细看的缘故。不过他确认了对方的性别，女。之后他再没抬过头，因为他在部队和电务段的两段经历，统统不能教会他正视一名年轻女性的恰当方式。

志强低着头，他只能看见胯间的黑沙发。皮质让历年来

15

无数个被介绍人紧张的臀部磨得发白。他从中恍惚看见的，似乎仍是那张瓜子形的白脸。

他琢磨，不是特别可以，也不是特别不行，既然总归要结婚，那似乎，就也可以。

他听见会客室门外窸窣的脚步声，知道此时得有好几个好奇的单身汉把耳朵贴在门上，这提醒他务必尽快做出决定。

名为小雁的女工可能也是这么想的，她先起身，准备离开会客室了。随即她就径直推门走出去了，也没跟志强握手。大概因为两张沙发距离太远，握手的话，需要双方相对走数步，场面会郑重得过分。她的红毛衣鼓囊囊的，她从他面前走过去时，他还看见歪斜的针脚，底边露出未经修剪的线头，另外还闻见一丝略刺鼻的像是胶皮的气味。

他对这味道只能说不讨厌。"能接受。"他仿佛是在咽下一截橡胶水管，对段长说道。他多年后知道女工也低声对段长做出同样的回答，"能接受。"

段长说，"才是'能接受'？多好的女娃娃，白得很。"县城人这样说时，白得很，就是在夸赞某人的美貌了。

志强就把"既然……那就……"的话说了一遍。

段长含混又暧昧地笑。他认为这单身汉的回答之所以模棱两可，是因为从未有过恋爱经验才导致的羞涩——他见得多了，跟他做过的媒一样多。经验告诉他，羞涩才说明，这件亲事相当可行。段长还想起终于可以空出一张床位的单身宿舍，十分适合自己午休时使用。

新房很快被安排好了。就在电务段名下仅有的二层小楼，占用了筒子楼二层一小间。房间当中挂一床粉红色有牡丹图案的布帘，挡住新婚夫妇的床铺。窗外是铁路，半夜能听见到站的货车准时准点地哐啷啷卸下沉重的铁链。镜子上贴的双喜字，是由新娘亲手剪成的。

志强去看那些大大小小的双喜字的时候，有了更令人惊讶的发现，他看见了她拿剪刀的手，那完全像是另外一个人的手啊——与她白皙的脸相比，她的手不仅粗糙，而且完全是黝黑黝黑的。这都因为她在县城橡胶厂上班。周边县城百货公司的所有胶鞋，鞋底鞋面都出自她们一百多号女工的手。往后志强会逐渐知道，这一百多号女工的手也跟小雁的手大同小异。

"国营橡胶厂和车站电务段"，想到祝贺新婚的人们都特别喜欢向他们解释什么叫作"门当户对、强强联手"，他感到自己被骗了。因为那些"门当户对"的说法里，从没有提到这双手。他自己的手呢，虽算不上光滑，但十分灵巧，因为他把哪怕最细的电线里的铜丝拧在一起时，也从不手抖。而她这双手的笨拙程度，只需要看看那些一边大一边小的红双喜字，就已经很明白了。他甚至怀疑几乎没人真正见识过她这双手，这是她小心翼翼留心着秘不示人的隐私部位。年复一年，他惊讶地目睹橡胶如何吃掉一双手：手的表皮会一层层脱落，脱落处不断翘起新的死皮。如果她把手放在台灯光的斜照下，他就能看到她的手宛如小动物毛茸茸的小爪子。

结婚一年多后，小雁就确诊怀孕了。这一天如此重要，以至于她的三个姐姐都从麻将桌上撤离，火速赶来了筒子楼。不过志强当天的反应略显迟钝，他可是头一回得到确认，自己果真要做一名父亲了，但却又没给他留下什么时间做准备，因为他发现自己眨眼间就被三位麻将干将给包围了起来。

她们叽叽喳喳地叫喊，兴奋程度都像是刚摸出一张自摸的决胜牌。一张嘴接着另一张地说个不停。仔细听来，她们其实围绕着同一个中心思想，就是告诉志强：他该做的哪些事，是当务之急；还有他不可违背的哪些事，不然会天打雷劈。

志强几乎是灵机一动想到，这时候，自己最好得干点什么的——跟怀孕有关，以便让她们住嘴，还能让自己不至于显得置身事外。

"那就做一架婴儿床吧。"他说。

姐姐们大吃一惊，很快明白过来——原来成都人的小孩是需要专门的小床的。这太值得感叹了！因此志强令她们住嘴的心思也落了空。"好啊，成都女婿，就是跟我们不一样嘛，嘿，能干得很哦。"

志强又飞快做了另一个决定，就是他无论如何都不想搭理她们了。他起身的动作有些决绝，就仿佛是为表示出某种决心似的。

他走到了墙角，是因为屋子里眼见得只有这块空余的地方，他俯身收拾起墙角那些器材和电线来——要让她们知

18

道，为做婴儿床，他不惜停止组装一部就快完工的收音机，他想。

可惜她们并不认得那些电线其实是初具形貌的收音机。

那架三个月以后在电务段木工房内完工的婴儿竹床，获得了广泛的赞誉，尤其是毛竹弯成的四只小轮子，竟然可以灵活拆卸呢！人们都很羡慕，于是这架婴儿床此后就在火车站各个有新生儿的家庭间流传了，好几年后也没人舍得扔掉。人们认为，志强的心灵手巧主要体现在，他是利用了不少"废弃"的电务材料来做这架婴儿床的。

从此志强便让人觉得，他什么都会做似的。往后他还打造了李唯一在厨房的小床、不规则形状的厨房，以及那些为挤进一室一厅而特制的小型家具。

4

说回 1995 年，就是志强打了李唯一一个耳光的那一年。那一年的耳光，率先惊吓到的似乎是薇薇。她当即就愣住了。愣了一会儿，她扭头，战战兢兢地凑在李唯一耳边询问道："唯一哥哥，是不是宝宝该生出来了？"

她看见李唯一抹了一把脸，他的脸上红一道白一道的。他又瞧了一眼自己手心，也许是看见了血迹。他突然大声笑起来了，边笑边说："就是，时间到了，该生出来了。"

他转过身，把手伸进薇薇的衬衣底下，飞快地掏出一块

19

团起来的枕巾——墨绿枕巾当然也是火车站职工的劳保用品。

薇薇"咿呀咿呀"地乱叫。

李唯一把新生的绿"宝宝"扔一旁，哈哈笑着说："来，我们再生一个嘛！"

志强站在床脚边已经情不自禁在发抖了。他吼："薇薇，蠢货！你给我下来！"

薇薇这才哭起来。但并不妨碍她随即被志强拉扯着滚下小床。他让她站在局促的客厅，她抽噎着，被要求向恐怖的姨父解释，什么是"过家家"？

她浅蓝色小裤子上有两只小黄鸭的图案，鸭嘴张得很大，吐出半条猩红的舌头。这两只不雅的舌头，此时只会让志强对这女孩更加厌恶。

薇薇并不明白这件事为什么让姨父如此愤怒。她拼命解释："哥哥说亲一下，是亲一下脸，然后，再亲一下嘴，我的肚子就变大了……因为宝宝在里面……然后，然后爸爸妈妈，就有了宝宝……"

"这都是哥哥说的？"

薇薇点头。

"哥哥还说啥了？还做啥了？"

"没有了，哥哥亲了一下脸，再亲了一下嘴……"

"不准哭，不哭了，薇薇，你以后不准过这个家家，听到没有？不准哭……"

薇薇哭得更厉害了，一边哭一边跺脚，裤子上的鸭舌头图案都变形了，"我要回家……"她干脆坐在地上，专心致志地哭起来。

李唯一蜷缩在小床上，以他最习惯的舒服睡姿，聆听着客厅里女孩的陈述。他为女孩的愚蠢大失所望，但更为自己感到惋惜——似乎这场极有趣的游戏中，他不得不与最无趣的伙伴搭档，才令游戏索然无味，才令脸上的"小番茄"在志强的巴掌下炸裂，如同引爆一颗炮弹，引来后患无穷。

女孩们都是无趣的蠢货，他打定主意，以后不再跟她们认真打交道。这算是被父亲打过耳光后问世的第一个决定。

事实上，薇薇也再没到李唯一家里玩耍过。小雁的二姐来接薇薇回家，了解实情后，薇薇一家人对志强一家都很是不满。往后每当说起高而无用的傻大个李唯一，薇薇的父母都会说，李唯一啊，看看他满脸流出的脓液，显然已经说明，他就是个恶心货色。比草包还不如呢，草包只是无用，但内里又不坏。

5

既然拿自己的身高没办法——父亲志强的身形体量，已然为李唯一昭示出他宿命里应有的高度——李唯一便把精力花在对付青春痘上。他把整个少年时代过成一部悲壮的青春痘战斗史。

一开始，跟所有艰辛的事业一样，艰难在于力气用偏了方向。周围人都不明白，青春痘与食物、作息以及情绪间存在着微妙的因果关系。志强只当这是形同上火或感染的疾病。是疾病，就需要用药，于是电务段卫生室医药柜里几乎所有能报销费用的外用皮肤药，都被志强搬回了家。

李唯一常年对着镜子涂药，脸上红肿的部分涂成五颜六色。镜子他随身携带，随时揽镜自照。他无比厌恶镜子中这张脸，因为从这张脸上，他还没哪怕一次验证过那些都宣称过会立竿见影的奇效。尤其有一种号称军医院研制的膏药，号称"特效"，膏体呈墨绿色，涂得脸上红红绿绿，像野战军人把脸故意涂成迷彩色。他最终相信，制造面部的迷彩效果，才是这种药膏的仅有用途。

没有人不会被这样一张脸恶心到，连他自己看久了也恶心。但通常都是刚放下镜子，又忍不住掏出来，以为墨绿膏体正在引发的刺痛，就是可以立刻观察到的疗效正在产生的副作用。结果仍是一次次失望，脸上的红色"小番茄"也越发茂盛，偶有消退迹象，也像是为不久后大规模的卷土重来蓄积能量，痘痘们根本灭不掉，还春风吹又生。

他寻求各种偏方，听说牛肉香菜都是"发物"，会刺激体内热毒长成痘痘，就果断放弃了校门口美味的红烧牛肉面。他依次用过生姜、萝卜、黄瓜和大蒜擦洗患处，大蒜的原理是取消毒的功效，前提是认定青春痘源自细菌感染。有段时期，李唯一经过处，会留下浓烈的蒜泥味儿，男同学跟着气味就能找到他，女同学都躲开他，正好他也想躲开她们——他在被青春痘摧毁前，已经被女同学乃至阿姨们簇拥过很多年，难免让他对她们都没有了打交道的兴致。他又想起，这一切的起点都得归咎于表妹薇薇，那么他更应该躲开异性以求长久平安了，无论这异性是长是幼。

偏方一个个被证明无效，青春痘不知是否因为被姜蒜刺激过的缘故，生长态势更加暴烈凶残。他矫枉过正，开始信奉《少男少女》杂志读者来信栏目推荐的"温和疗法"：隔几分钟就用清水洗脸，再涂抹成分单纯的护肤品。"温和疗法"在少男少女中只盛行了一个月时间，因为到下一期杂志出刊，读者来信栏目就发布了完全不温和的新疗法。

此后回想，李唯一觉得"温和疗法"也许是正确的路径，仅有的需要，是患者得投入精力研究县城可以买到的那几种护肤品的成分。他很快成为县城百货公司护肤品柜台的贵客，不仅因为他在购买乳液和护肤霜时的慷慨——只要用处明确，他的父母并不限制他花钱。志强和小雁相信他们拥有的一切，迟早都是李唯一的，因此现在限制儿子花钱毫无意义——也因为他几乎是这方面的半个专家，李唯一常在柜台前花去大半天时间，用于向顾客义务讲解每样产品的成分、功效、利弊还有使用体验，扩大他辛苦研究才得来的成果的影响范围。

他的影响范围波及甚广。护肤品柜台的顾客是县城全体女性，假以时日，他的言谈举止也许是被她们影响，逐渐就有了几分扭捏或妩媚。她们也会时不时忘记他是男儿身，毕竟能跟她们就护肤话题相谈甚欢的人，怎么可能是男人呢？何况他其实还比她们都更精于此。他确实人高马大，但身形纤瘦，他正处于变声期前后，偶尔说话还现出孩童或女性才有的高拔的音调，他对着镜子用娴熟手法示范乳液的涂抹方法，修长的小手指微微翘起来……她们最终像是集体决定忽略他的性别了，懒得去追究。

两年多漫长的用药、偏方和护肤品的尝试后，李唯一终于把自己变成了一个怪物。

要是这张疮痍的脸，只是怪物的一副狰狞面具该多好——但他始终没能将它摘下来，也没人顾得上透过丑陋的面具了解他软弱的内在。就像他常被误认为是铁路子弟学校的篮球队员，得知真相后，那些人会说："这么高的个子，不打篮球，太可惜了，打排球也可以嘛……"那一年女排不争气地再度失利。但他自幼连玩具小皮球都拍不了几下，跑步比赛的名次也和他的成绩单吻合，都是令人同情的倒数三名以内。

因此他承认，他的身高只能被"可惜"掉，长这么高但拍不了球，更别提投篮了，真荒唐，他自责地认定，自己得为女排战败承担责任。

原来他长这么高就为证明他整个人存在得多么荒唐。而世间所有荒唐的存在都应该被消灭和遗忘，而不是像他这样，在家中和学校都被关怀与瞩目。他仇恨所有能看见自己的人，但凡被注视的时间足够几秒，他就感到无端地狂躁，会想立刻挖出对方眼珠。

6

晚餐中的某种"仪式"就这样出了问题——志强每天凝视李唯一将一碟碟鸡蛋炒西红柿、清炖排骨、黄豆猪蹄……扫荡一空的晚餐时间中，志强几乎一眼都不会眨。任谁也会说，那是一幅父爱温暖的感人画面。

对志强而言，这就是晚餐中一项必要施行的仪式，如果缺少，紧随其后的通宵电力值班只会让他心烦意乱，觉得有什么事没做完似的，这就会给行进中的火车造成误报电力险情的风险，后果非常可怕。

那些年志强在多边形厨房度过了不少兵荒马乱的黄昏。他的工作于 1988 年开始，就不再是"三班倒"，而是全上夜班，因为白班的野外作业中需要爬的每根电线杆上，都挂着几位比志强年轻的电工。年轻电工都比志强有文化，他们的抽屉里都能翻出一本可以作为身份的象征的技校毕业证。这本毕业证让他们可以名正言顺地爬上电线杆，月底名正言顺地拿到更多奖金。志强并不羡慕他们挂在电线杆上还能谈笑风生的自如，他对让自己成为"风中之旗"的这种工作，也并无执念。他无法释怀的是，自己再不会拥有的那笔微薄的野外作业补助——这笔补助曾经刚好够每月给李唯一买两瓶鱼肝油，一瓶橘子味，一瓶原味。

既然失去了鱼肝油，志强上夜班前，就得开始为铁路子弟小学的学生李唯一准备营养晚餐了。

菜谱由他值夜班期间从电务段订阅的文化生活类杂志上摘抄，不认识的字取其大意。不久他发现，均衡营养进食等于"淀粉、蛋白质、维生素合理搭配"，摘抄菜谱的程序便省掉了，毕竟写字很麻烦。至于他和小雁，这套原则无效，因为他们三十多年的生命说明，只有淀粉值得信赖，米饭和馒头足矣。

人们都喜欢黄昏时路过不规则形状的棚屋，哪怕绕一小段路，因为志强的棚屋在整栋楼的角落，并不属于他们出入的必经之路。他们在棚屋外抽动鼻子，使劲闻闻食物的香气，这似乎也能让自己的晚餐添几分滋味，跟占了便宜似的。

如果有李唯一这样漂亮的孩子，我也愿意天天做饭——李唯一仍算得上漂亮的年代里，别的父亲会这样说，以便自家小孩识趣，继而停止抱怨面前相形见绌的晚餐。

李唯一对营养晚餐的安排很愤懑。闻起来美味的东西，入口则往往令人大失所望——这当然不值得计较。只是从小到大，志强盯着自己吃饭的样子，都像一只急于讨好主人的贪婪的狗，大概因为那种"二"字形的笑容，无论何时看起来，都有点轻佻有点猥琐。

"你可不可以不要这样看着我？"有一天，李唯一终于抗议了。

"怎么了嘛？好，好，我不看就是了。"志强说着，装作

26

低头吃饭，但他自己也意识不到，两筷子下去后，目光是一根自动弹簧，又缩回到李唯一脸上。志强看见的这张脸，是全与皮肤质地无关的脸，是亲近、灵动、活生生的少年的脸——杂质全被做父亲的自动过滤。

"我都说了啊！不要盯到我！我是犯人吗？你这么盯到，我怎么吃饭？"李唯一扔下筷子，提高嗓音——他根本不想我好好吃饭，他时刻都在提醒我是多么丑。

"对不起，对不起，快吃嘛，我这回……真的不看了，从现在开始。"志强转身，背对餐桌，像是赌气又像是担心自己仍旧忍不住，于是想起手中还好有碗筷，干脆埋头扒起饭粒。

但你不能对着某人的后背吃饭——李唯一想——这就是志强一贯的伎俩，让自己显得那么委屈，毫无必要地做出可怜巴巴的姿态，逼得自己心软，逼得自己屈服，逼得自己每天坐上餐桌，就像待审的犯人后背发凉。

李唯一决定，这次一定对他置之不理。他想，只要不去看那弓起来的绿色后背就好，只要尽快吃光这些常年不变的"营养"就好，他吃下的并不是饭菜，他吃下的是输液瓶里按比例搭配的淀粉、蛋白质和维生素，一骨碌灌下食道就好。

志强吃了两口饭，想要转身夹菜。菜夹回来，目光曲里拐弯、半推半就地，扫过儿子的脸。他的目光其实是有灼烫的温度的，李唯一脸埋在碗口，都能感觉到，仿佛一束来自审讯室的强光，迎面照亮自己的脸，照亮那些所有不该见天

27

日的脓肿与坑洼。

"你是不是个变态?"儿子大吼。

"你哪来那么多毛病?"志强忍不住,也放下碗筷。

"我就是毛病多,你吃饭就吃饭,看到我干啥子,看我丑成啥子样子了吗,我丑成这样,还不是你把我生成这样。"儿子做出掀桌子的动作。可惜这张餐桌的前身,是当年电务段最好的木材,上面还残余的数字编号可以做证。在不善运动的李唯一乏力的掌中,桌子岿然不动。但他的动作格外虚张声势,对气氛的影响,便仍取得了和餐桌翻倒也大同小异的效果。

"我宁愿得其他所有病,也不要这个毛病,不要长痘。"李唯一觉得自己要哭出来了,其实他体内那些软弱的地方先就哭起来了。

这时志强发现,李唯一似乎在他眼皮底下就变了形,像妖怪,从人模人样到奇形怪状,只需要神仙轻吹一口气,吹一口气的时间里,漂亮的人人称道的婴孩,膨胀成眼前一只巨大的直立猛兽——这猛兽生得满脸通红,兴许不只是因为那些脓肿的红斑。猛兽还会呼哧哧喘气,喘着还会咆哮,"我就是个丑八怪,丑八怪还吃啥子饭。一辈子都吃一样的饭,老子今天不吃了,吃不下去!"

"不想吃,你就给老子滚。"志强说,也是被对方气势所迫,说完,他勉为其难压制着油然而生的怒火。

猛兽对营养晚餐不满意,那猛兽想吃什么?千层雪还是娃娃酥?都不是。"你想吃的东西,我没得,你自己去挣。"

不想还好，一想起千层雪，志强就更加沮丧了。

既然"滚"的事都说出口了，志强也如释重负，觉得应该再不会有比这更严重的话了。他告诉自己，先不去看，大不了忍这一时，就先不去看猛兽的脸了，以免事态果真到"滚"那一步。

他让自己盯着猛兽身后，那里有李唯一贴在电视机外壳上的四张不干胶贴纸，据说是香港"四大天王"的四个小生，芙蓉如面，黑发飘扬，正对志强露出雪白的牙齿——没一个有李唯一好看。

"滚就滚。"过了一会儿，到"四大天王"越看越令志强觉得应该砸了电视机的时候，李唯一喘完了气，说，"反正你啥子都没得。"

"滚，哪里有你去哪里。"志强说。

似乎风波就这样过去了。因为李唯一踢一脚椅子，再踢一脚沙发腿，这样不停地踢着各种家具腿走出客厅，他把志强的心都给踢得提起来了。

结果李唯一也没有"滚"，而是躺上小床，用被子蒙住头，让两只大脚略显挑衅地伸出被子。

志强放下心来，来来回回收拾碗筷的时候，竟然也觉得踏实而满足。但他也提醒自己，要保持身为父亲的一小点自尊，因此他对伸出被子的两只光脚，得假装视而不见才行。他只斜着眼睛看，看见被子拱起来的部分，像一个巨大的包裹。部队经验让他很想把这包裹弄得平平整整的，但他忍住了。

他知道李唯一在被子里塞着耳塞，他听见了复读机里的磁带吱吱地转动。他还知道磁带是李唯一从成都买回来的正版，十块钱一盘。县城只有盗版磁带卖，两块钱一盘。

志强想，李唯一挚爱的"四大天王"没准都在随身听里，轮番唱那句"对你爱爱爱不完"。

晚饭后，志强就该去电务段上夜班了。他需要沿着铁轨走一段路，这是一段铁轨边的砂石小路，原本并不存在的，它是被人们一步步给踏出来的。长年累月，粗糙的砾石们，就被踏成平整的路面，磨出了光滑的表层。砾石之间的野草，几乎刚蹿出头，就会被鞋底碾出一摊绿色的汁液。深浅不一的绿色汁水，把路面染出迷彩似的花纹。

他上班是往西走，面对夕阳，早晨下班回家是往东走，面对朝霞。他时常走在路上想，得多少年才能把无数砾石走成一条小路呢？一定得很多年。毕竟光他自己，就已经走了许多年了，而他还将走上许多年。李唯一小的时候，志强就让他骑上自己的脖子，走在这条小路上。那时候如果有人远远看着他们父子，也许会误认作是一只长颈鹿呢。有时候走着走着，他们就走到铁轨中间去了，高个志强一步能跨过两根枕木。

想到还能驮着儿子走路的时候多好啊，因为那时志强从不觉得寂寞。他还可以边走边给李唯一念儿歌呢。有时儿歌也让李唯一听得不耐烦，他会用小手啪啪地打父亲的脑袋，比摁下收音机开关更管用——儿歌要不立刻换成另一首，要不就戛然而止。

30

县城火车站很多人都听过志强念"小老鼠"，还有"唯一宝贝，宝贝唯一"的自创儿歌，均无成都口音，且嗓门大得跟山区里的每个人毫无区别。人们感叹，幸好有李唯一，才让志强入乡随俗，人们就是从那时开始认定，志强这个"成都师傅"被这座山区县城给正式接纳了。这是值得欣慰的转变，对父子俩、对所有人，都有好处。从此就很少有人再提"成都师傅"的旧话，每当说起李志强，都是"唯一的爸爸"。

这条小路走到一半的时候，会经过一个废弃的铁路洞口。很多年里，都只有运煤的小型翻斗车从这里出入，后来山里的煤矿枯竭，运煤车就没有了。这段铁路和这个火车洞都被废弃。志强有一天经过这里时，看见了那辆婴儿车——他制作的婴儿车，被不知道第几任主人，扔在洞口的铁路中央。像个煞有介事的玩笑，因为远看去，方方正正的婴儿竹车，竟还有几分火车车头虚张声势地驶出洞口的架势。只是走近就能看见，几个可拆卸的轮子不翼而飞，剩下的床体满布陈年污垢，虫蛀的孔洞里飞出来一群绿头苍蝇，都没头没脑地往志强欢快地扑过来。

志强挥手驱赶这些没有自知之明的小生物的时候，突然就开始回想，自己如何就走到了这里？

7

　　志强被命名为志强那一年，全中国已经有了许许多多的志强。在成都城北边的星月巷附近，年龄相差三岁以内的志强，他知道还有四个。这里将年龄差别限制在三岁以内，只是因为他在幼儿园待了三年。

　　五个志强分别住在星月巷及周边的五条巷弄，看起来很巧合。这片巷弄盘根错节，在成都城北地区组合成一团宛如凌乱电线般的居民区。这里的所有巧合背后，往往都铺陈着刻意。何况名字不过是一枚符号，还有些"自己的东西却只能让别人来用"的意思。因此星月巷的父亲们只要确保两件事，便足够他们顺嘴说出新生儿的名，一是自己的姓，二是孩子的性别。约定俗成的注意事项当然还有，顶要紧的是须避免与邻里的小孩同名，否则就会给巷弄生活带来不小的困扰。所以这条巷子但凡有过"志强"，便不再有"志强"了。

　　他是作为星月巷第一位志强被命名的。很多年后星月巷不复存在，在位于星月巷原址的小区内，也没有其他志强。这是后话。志强1970年就离开了星月巷。

　　他是李家第二个孩子。第一个孩子叫建军。第三个孩子，是女孩，叫晓西。三兄妹的名字显然出自三种思路，这似乎也能证明他没读过书的父亲对取名这件事的部分态度。

李建军的一生都跟军队没关系，而李晓西也并没去到祖国西方，这两样都由李志强完成了。在李家，用姓名寄托寓意的想法，在他们的大半生之后再看，就显得很荒唐。志强的人生也基本是由"参军"和"往西走"这两件事给勾画出来的，就像两个点，志强的故事要负责在这两点间，画一道崎岖的线。不过，谁的故事又不是如此呢？

成都西边的山区，具有很好的隐蔽性，因此志强参军一走，家人就再难见他了。他们的父母都不识字，在星月巷的同代人中，能认字的人屈指可数。他们的母亲是丫头出身，却遗传了一种富贵小姐的病。李志强转业工作后，母亲的遗传病发，继而被成都第一人民医院确诊，是"什么什么综合征"——因为李建军在信中写不出这项遗传病的外文名称，所以志强始终不知道母亲到底得了什么病。他只好相信李建军给出的奇怪的总结，说是母亲会"慢慢地没力气，然后就像乌龟一样只有力气喘气了，不过乌龟长寿"。

李建军和李晓西就通过寄回成都的信来揣摩李志强的近况。那些年李志强从部队写来的信件综述起来大意如此：军营在山里，正在修铁路，死了两名战友，死因是一座铁路桥；当地山民多是少数民族，身后背着刀；吃得不错，住得糟糕；冬天，大通铺上的志强与战友抱作一团，为取暖；夏天，志强写，热死老子了，或，臭死老子了。

随信件通常会寄回两元钱汇票，这让李建军和李晓西不得不给志强回信。他们都不愿意写字，不过作为家中老大，回信一般由李建军执笔，他认为自己天资愚笨，写信又写不出两种花样来，于是那些回信都千篇一律，先说母亲和父亲的身体，"如常，勿念"，自从李建军学会写这四个字之后，他就总这样写。再说李建军自己在街道开办的锁厂的工作，"勉勉强强"。最后说李晓西在高中的学业，但因为已经停课，所以，李建军写——"管述她的"。

事实上李晓西有整两年时间都在扛红旗。高个子的李晓西非常适合扛红旗，红旗下的李晓西跟同学们组成一支松散的队伍，晓行夜宿，不知不觉就走过了全国一半省份。李晓西在少女时代就把自己脚走大了，性子走野了。因此李建军也确实不知道她在哪里，只能"管述她的"。落款之前李建军要写上，谢谢，是针对汇票的，之后还有，保重，是写给志强的。

关于李志强去当兵的事也没什么好说。如果志强和那个年代大部分少年一样向往戎装，抑或他迫于家庭生计不得不投身军营，那么志强的故事都会是另一个故事。但他去当兵也是出于"传统"，就像后来他被介绍给橡胶厂女工的"传统"一样。人们信赖"传统"，尤其在大家普遍都兄弟姐妹成串的日子里，"传统"意味着稳妥和安全。用现在的经济学观点看，那时候的很多"传统"都非常经得起推敲，是"传统"在确保每个人口众多的家庭作为经济共同体能实现的利益的最大化。

星月巷的"传统"，简单说是这样的：家中第一个男孩要当家，最好尽早参加工作，尽可能端上国家提供的"铁饭碗"。日后星月巷的这些长子们，普遍都成了家中挑大梁的

"当家人"。他们挣来全家的衣食花销，说话便很硬气，有着一言九鼎的家长地位。哪怕他们中的大部分人，在很多年后丢掉了这种硬气，他们内心也习惯性延续着一种家长式的优越感。多年后，如果你到星月巷，看见那些在竹椅上喝搪瓷缸里的"飘雪"的人，不用说，他们多半都是家中长子。他们喝茶时也会聊到早年谋生的不易，但更多怀揣的还是一种抚今追昔的自豪感——一个显著的标志是，他们竟会把"比试工龄长短"这一点作为谈资，谁的工龄长一年，大家就会多尊重他一些。再后来，星月巷这片巷弄区域大规模拆迁的时候，这些普遍拥有漫长工龄的长子们，又担负重任，为自己的拆迁赔偿款冲锋陷阵。

家中第二个男孩，就较随意了，去工作或读书，取决于家里的经济条件，但最好都去报名征兵，试一试。第二个男孩自己的意愿，在这里倒不太重要，因为参军很难，要求很高——难以企及的东西还想什么呢，不就是全看运气嘛。

但是运气这东西，最大的特征就是会突发奇想，所以运气时不时会临幸那些毫无准备的人，让人出乎意料。李志强就是个例子，星月巷的人时常把他拿出来说事，说李志强是被这种去参军"试一试"的"传统"，和突如其来的运气，给毫无准备地送进了部队。往后志强会知道，这一年征兵人数最多，是因为一些事突然发生在遥远的地方。至于到底发生的是什么事，却有很多不同的说法，总之结果都一样，是部队因此比往年需要更多兵源——要不这大好事怎么会轮上他？

是父亲送志强去区武装部戴大红花的，这也是"传统"。不过志强刚戴上大红花，就被父亲骂了句"小地痞流氓样"。大概在父亲眼里，他"点头哈腰"的样子实在没有半点军人的样子。父亲对军人是格外尊重的，父亲在武装部临时搭建的用来接待新兵和送行家人的帐篷里，对每个穿军装的人都立正，毕恭毕敬地称对方为"解放军同志"。志强从没见父亲像这一天说过这么多话，在当时他经历过的十几年的生命里，父亲始终都在以沉默来宣示着威严。他们父子从来也不亲密。他觉得父亲的表现更像是如释重负，就是人们预知自己"往后就轻松了"的时候会有的那种表现。

　　志强在军营的日子过得如何？无论他身在成都的家人，还是此后铁路局的同事，都知道得不多。但有一点是所有人都知道的，那就是志强的转业工作安置在铁路局电务段，是因为他在部队弄明白了电是怎么回事，一是碰不得，二是红蓝线分清，因为他自己就常这样说，在给那些比自己年轻的电工介绍经验的时候。

　　其实志强的故事到这里就结束了。再往后的故事都是别人的故事。志强的故事结束的时间，应该放在他坐火车去县城参加工作那一天，作为铁路职工，往后他极少为火车票掏钱。只是直到很多年后他哪里都没去过，他的列车终点始终是同一个地方，成都。

　　志强的故事结束的那天，如果是他坐火车去县城的那一天的话，那么他会发现，川西山区的天空比成都盆地低沉，天气变化无常。一会儿下起小雨，在火车玻璃窗上划出一道道裂痕似的银线；一会儿又放晴了，艳阳斜照着高大的山体，铁轨上被投下一块块浓重的阴影。因此车窗玻璃上很快便凝结出大片浑浊的白雾。如果他抹开一片白雾，还会在玻璃窗上看见自己的脸。这张脸貌似就投影在窗外间或裸露的紫色土壤，还有那些茂盛生长的低矮茶树上，一路飘荡。

8

李唯一与成都的联系在 1990 年夏天发生过本质的改变。这一年李唯一年满八岁，发生的值得一说的事情，是他第一次在成都过了暑假。这是应了姑妈李晓西的邀请。

1990 年，时年三十四岁的老姑娘李晓西，突然琢磨出来一个道理：自己固然不必去伺候一个蠢男人，然而还得应付无处释放的天然的母性。她主动要求从成都百货公司的文具柜台调动到内衣袜子柜台，也在这一年。因为文具柜台货架上的笔墨纸砚，格外吸引某些迂腐的老男人。他们说着五花八门的外行话，指点她从柜台里掏出一支比一支粗壮的羊毫笔。相比之下，内衣袜子柜台的顾客就可爱很多，也平易近人许多，更幸运的是，她们全是女性。

这种母性的显著表现，还在于她每年儿童节后收到李唯一的照片，感觉都有变化。她发现李唯一一年比一年可爱，变化之大，总是令她仿佛受到惊吓。这种惊吓每年一度，一直持续到八岁的李唯一出现在成都、出现在她面前为止。她记忆中还是上一次见李唯一的样子，那时他还是个哭闹不休的两岁的小东西，跟眼前八岁的男孩简直大相径庭。

她偶尔会想念这小东西，她认定这是天性，就像天性决定她不适合结婚一样。于是离儿童节还有几个月的时候，她就盼着志强寄来新的照片。所以她也忍不住要给这小东西买小衣服，但更多还是为了与几个做母亲的同龄女伴逛百货公司童装部时，她不至于缺少借口。

她喜欢跟她的女伴们待在一起，从小到大她从不觉得这有什么不妥。谁知道后来，女伴们一个接着一个地完成生育，而生育也让她们越来越矫情，让她们总有借口躲开她们曾经乐此不疲的那些玩乐项目：喝茶、逛街、打麻将，以及换个茶楼喝茶、换个地方逛街、换个桌子打麻将……这些事她们统统都"没时间"，就算有时间，那也是争分夺秒来的。李晓西无奈，她只能以给侄子买小衣服的方式，陪她们逛童装部，以便她们能在一起消磨一部分时光。在这部分时光里，她确定无疑，自己是与她们打成了一片的。

事实上她挑选童装的趣味，显而易见与女伴们都大为不同，这也是李唯一的小衣服为什么总让县城人感觉古怪的原因。但李晓西的那几位女伴，都觉得这是因为她自己并没有做母亲的缘故——她体会不到当母亲的心情。

李晓西不愿承认的是：她不去结婚也不生小孩，尽管是她义无反顾的决定，但偶尔她也会觉得孤单。这种孤单的时候，她就幻想，如果有个毛茸茸的小家伙，时刻跟在自己身后（就像她那几个身后都跟着小家伙的女伴），也许会有点意思。就这样，每年一度寄来的儿童节照片开始让她意识到，李唯一作为这个小家伙，肯定相当合适。事实也如此，1990年暑假的李唯一，确实大部分时间都充当着李晓西身后那只毛茸茸的小尾巴的角色。

1990年暑假第一天，李晓西平生第一次打电话到县城火车站电务段，她这样告诉李志强，想让李唯一到成都过暑假，"你们只管把娃娃送上火车，一切包我身上。暑假长得很，我晓得你们上班忙，没时间带娃娃……"

志强紧握着听筒，此刻他脸上的"二"字形的笑容，是因为受宠若惊的同时又担惊受怕造成的效果。他想，李唯一固然值得去成都过暑假，但李唯一留在1984年的星月巷的哭声，仍对1990年的志强造成干扰，让他拿不定主意。

第二天一早，志强下班回家，将李晓西的邀约告诉小雁。

小雁听完便拿了主意。她先问志强，"铁路子弟小学的学生坐火车，是不是也免票？"

"是的，他们都是铁路子弟。"

小雁叹气，说，"为什么铁路子弟可以，铁路家属就不给免票？"

这得归因于上一次志强一家去成都的往事，那还是1984年了。上火车时，志强举着自己的铁路工作证。门口的列车员貌似不动声色，但目光已经跟志强完成了默契的交流。志强就收回工作证，装进上衣口袋，同时抬腿上车，一气呵成。

小雁跟在志强身后。她手里也有一本工作证，其主人是志强的某位男同事。志强连夜将小雁的照片换上去，照片下的名字仍是那位同事的，好在"王华"的名字并不像只专属男性。志强再用尺寸合适的小玻璃药瓶，在照片一角摁出形似钢印的凸起。这种制造假证的手法在县城火车站人尽皆知，而志强摁假钢印的技术更是一流，因此小雁手中的假工作证可以说完美得无懈可击。

只是小雁还是第一次坐火车，这已经足够她紧张了。她跟丈夫约定过，而她也是这样做的，就是她需得模仿丈夫的动作，冲那位戴大檐帽的列车员，甩出工作证，内心里要有一种"这是我们彼此心知肚明的手势"的强大信念。然而可能她的信念还不够强大，她做完整套动作之后，才发现这是灾难的开始，因为她觉得自己并没有从列车员的目光里看到许可或宽容，她只看到一种巨大的无形的压力，仿佛她最不堪入目的部位，比如手，被堂而皇之地在大庭广众下展示。忽然之间，她的胳臂全都不受自己控制了，交替哆嗦起来，而李唯一正呆在她没拿工作证的另一只手的颤抖的臂弯中。孩子最先感觉到母亲的颤抖，他开始以奋勇向前的姿态开始号啕大哭，他害怕自己从母亲的怀抱滑落。"省下车票钱"，小雁默念着，她也没想到，这种默念竟然很管用，反正她这样默念之后就平静了不少，最后总算是躲躲闪闪地挤上了火车。

假工作证的往事她将永难忘掉。在这套所有东西包括其本身，都与铁路有关的房子里，与铁路无关的她经常会心虚，她觉得自己有点像橡胶厂没能盖上合格章的胶鞋，也不全都是残次品，只是没能拥有被认证的幸运。

"那你觉得如何嘛？"志强问小雁。

"让李唯一去！反正免票。"小雁痛快地回答。

第二天，李唯一被托付给列车上志强在车务段工作的一位前同事照顾，也是免费的。

李唯一上车后，这位列车员或是出于被托付的责任，主动走到座位前，想向这个闻名已久的儿童表示关怀，"高不高兴？是不是第一次去成都？"

送行的志强还在站台上，他先替儿子摇头，又担心车里的人看不见，就透过车窗替儿子回答了，"不是的，娃娃这是第二次回家了。"

李唯一惊讶万分，不明白为何是"回家"，而不是"离家"？一定是弄错了。

孩子对父亲的反驳很镇静，他用成年人的口吻自己重新回答了一次，"是第一次。"

李唯一就这样独自去成都过暑假了。

暑天里，白天都格外漫长，县城火车站到处都是疲倦又消沉的旅人。志强也感到同样的疲倦和消沉，时常怅然若失。他每天都在李唯一的小床上躺一会儿，想想李唯一正在成都做着什么。但志强的两只脚，也只能挂在床沿外。他头上是电风扇，跟这房子里的很多东西一样，因为地上没地方安放而只能悬在墙上。风扇是志强自己做的，马达劲儿足，声响便很大，而火车的声音听起来又太远。这让志强怀念起

41

住在铁轨边的筒子楼的年代，因为那时候李唯一那么小，连走路都不会，就总在他眼皮底下，跑也跑不远。

躺够了，百无聊赖，志强就趴在李唯一写作业的搁板上，默诵列车时刻表，将李唯一回县城要乘坐的那趟列车，用红笔圈出来，直到细小字体排版的全国火车时刻表，被他戳出来无数的洞眼。

总算，一个黄昏，壮丽的晚霞无情地肆虐着远处的山峰，李唯一身穿有小领带的蓝色海军服，像一只漂亮的海豚，摇摇摆摆地下了火车。志强发现儿子浑身闪耀金光。

志强问，"怎么样？成都好玩吗？有没有吃什么好吃的？"

李唯一点头或摇头，让志强把自己从头摸到脚，似乎在检查他有没有把身上哪块骨头遗落在星月巷。

志强摸完儿子，终于放下心来，李唯一完好无损。

时隔不久，有一天吃饭时，李唯一突然说，"我不吃这些，我要吃千层雪，还有娃娃酥。"

"啥子东西？是不是点心？"

李唯一摇头，"我不晓得。我就是要吃千层雪和娃娃酥。"

"好嘛，不管你要吃啥子，我去给你买，只要你先吃完饭，喝光牛奶。"

话没说完，李唯一已经"哇"一声，吐出一口牛奶，白色浓浆全滴在衣襟上，他喊着，"这是全世界最难喝的东西！"

"怎么会呢？好喝得很呢。"志强自己喝了一口，才不慌不忙去给儿子找干净衣服换上，毕竟这一幕几乎每天都会出现。

"你骗人，你专门骗我，这里没得！什么都没得！千层雪和娃娃酥，都要成都才有！"

李唯一确实没把什么东西忘在成都，而且成都在李唯一心中还留下了一些什么，肯定不仅仅是千层雪和娃娃酥——志强根本不知道那是什么，仅听名字，他发现这都超出自己对食物最高限度的想象了。

就像后来许多不自量力的事一样，志强终其一生都不可能对李唯一摇头。怎么可能呢？对孩子承认自己即便是父亲，在这个世界上也有各种"无能为力"？更何况志强还相信，全天下没一个人忍心对这样一个漂亮的孩子摇头。

于是志强此时就对李唯一承诺道，"火车站也有的，肯定有的，爸爸答应你。"

志强随即就出门了，去找千层雪与娃娃酥。他先去火车站小卖部询问，又找同事和邻居依次问过一遍，人们都表示，闻所未闻。

志强守在客车站台，等那一趟从成都开来的列车到站。两个多小时后，他在车厢外大声问那些陌生的乘客，什么是千层雪？什么是娃娃酥？

那些人都对他摇头，看他的眼神像是看一个莽撞又蠢笨的乡下人。还有乘客没听清他说什么，误以为他是售卖千层雪或娃娃酥的小贩，反问他那是什么东西，能不能各来一个？

他最后的希望是列车上某些有可能来自成都的旅客。他们一定能告诉他什么是千层雪，什么是娃娃酥。

在最后一节车厢，有一个女孩不耐烦地对他说，"是雪糕，都是雪糕。这都不晓得？"

"哪里买得到？"他长出一口气，随即听见火车启动的铃声响起来——从没觉得这铃声这么刺耳。

"夏天才有啊，这个季节，你去哪里都买不到……"女孩大声说。

志强感觉自己就像一只雪糕了，凉悠悠的秋风把他全身都给凉透了。他目送列车驶出站台，驶向遥远的山涧与桥梁。或许正是年轻时战友为之牺牲的那座火车桥。他忽然觉得自己什么都不是了（除去他还是一个夸大其词的父亲，就像千层雪和娃娃酥这种夸大其词的雪糕名字一样）。他想，如果是别的东西，还能托熟识的列车员从成都带回来，可怎么偏偏是雪糕呢？雪糕为什么要叫这样古怪的名字呢？

为了千层雪和娃娃酥，下一个暑假，李唯一再次被送往成都，往后年年如是。

1992 年夏天，在火车站小卖部的冰柜里，志强发现了一种红蓝间杂的食品包装，袋子上的"千层雪"三个字就像一种会产生神秘力量的咒语，这种力量在召唤他去砸碎冰柜的玻璃门。但他克制住了砸玻璃门的不理智冲动，而是一口气买下两个千层雪，小跑回家，一路只担心雪糕融化。

不过李唯一已经度过向往千层雪的年龄了，时年十岁的李唯一正被全新的向往折磨得心力交瘁，只是他不会告诉父亲那些向往是什么。因此对父亲手中过气的食物，李唯一没工夫产生兴趣。

志强在吃下两个巧克力味的千层雪之后，对自己说，"真是苦，有什么好吃的？"

9

李唯一是在 1997 年夏天离家出走的，就是"晚餐事件"的第二天，不过这个决定他早就做出了。那天晚餐被志强吼过"滚"之后，李唯一蜷缩在被子里盘算：即便要走，也不是现在，而是第二天一早，冷静地走。

所以第二天志强早上下班如常回家的时候，就没能如常看见床脚悬着的两只光脚。志强当时一点儿也没疑惑，他一厢情愿地以为，李唯一起得很早，然后去铁路子弟学校上早自习了。他会这样想也不是没道理，因为他了解李唯一个性中很会卖乖的一面。尤其是"晚餐事件"这种特殊时刻，李唯一是极有可能在随后装作一副发奋学习的样子的。何况李唯一又不是第一次装作在发奋学习了——就算是假装，那也值得志强欣慰，因为这说明，他那一声严厉的、冒了很大的风险的"滚"，算是没白讲。

志强这就开始花心思琢磨要做些什么特别的早饭了。他认为父子俩既然在昨天的晚餐中剑拔弩张，史无前例地竟然有了"隔夜仇"，当务之急是得在早餐中和好如初。

最终，他煎了两个鸡蛋，弄成了两个完美无缺的圆形，又用菜叶和葱花拼成草坪，把馒头片雕刻成他认为是白色羊群与房屋的样子。只是他预备呈现给儿子的早餐创作，李唯一终究无缘欣赏。

过了早上八点，李唯一没有回家，这是一家人通常的早饭时间。志强犹豫再三，于心不忍地吃完了这份特别的早餐，他因此被小雁说，"不想过了吗？吃两个鸡蛋。"她是拒绝吃鸡蛋的。

到中午，李唯一也没回来。

这天的营养晚餐倒没有特别之处，但无人问津。

志强晚饭就不吃了，他去了学校。班主任刘老师十分疑惑，李志强为什么还敢理直气壮来找学校要人，李唯一几天没有上学，他还没去跟家长要说法呢。

李唯一几天没上学是常有的事，这是令刘老师掉以轻心的一部分原因。不过志强从不知道李唯一逃过多少次学。李唯一的离家出走计划早就酝酿成熟，所以这几天他确实有不少事情要忙呢。

志强只感觉五雷轰顶，他垂头丧气地拖着步子，走出校门，不知怎么就走到了电务段，他就去单位请了两天假。理由是，因为他喊了一声"滚"，儿子怎么就果真不见了呢？他要去把他找回来，因为，都是他自己的错，他不该让他"滚"的。

志强回家见到的是正在拍打李唯一的小床的妻子，她把床单上无数张小熊的脸全都给打过一遍了，仿佛那些小熊才是她的儿子。可不是嘛，这些胡乱卷起来的被褥上，确实还残留着儿子的体味和毛发呢。

她说的话里也许有志强需要的线索。她告诉志强，儿子昨天对她说，"以后不要只用劳动保护霜了，买点贵的，好生抹抹手。"

　　"你怎么说的?"志强问。

　　她答，"我说，劳动保护霜最滋润了，贵的不见得好。"何况劳动保护霜是劳保用品，不需要她花钱。

　　李唯一就回她说，"那你自己看嘛，反正我这就走了。"

　　她怎么想得到，这就是他在跟她告别呢?

　　她说话时，手里还恶狠狠地握着一瓶劳动保护霜，像是很难理解：这么小的瓶子，竟然惹得李唯一要离家?

　　"他才十五岁呢……"她反复强调李唯一的年龄。但绝口不提自己十五岁离家进橡胶厂做工那番老话，那是她一生中的得意时刻才会掏出来品咂的荣光。

　　志强告诉小雁："我都找过了，火车站能找的地方，还有几个同学家、小卖部和化妆品店，都找过了。"他没说他连废弃的火车洞都找过了。小雁就不说儿子的年龄了，她想起来得提醒志强，李唯一的"衣服少了四件啊……"于是志强也爬上小床，跟妻子一起蹲在那些小熊的脸上，翻检搁板上的书本和衣服，他希望能找出更多线索。但他们都没法确定书本少没少。她认为四件衣服就是李唯一要远行的证据了，她只是百思不解，"四件衣服! 要走多久才需要四件衣服?"

　　志强还有另外的发现，他在下层搁板发现了一张纸条，贴在墙角很隐蔽的位置，只隐隐约约能看出来一角，是那种薄脆的作业本纸裁下来的一道，纸条的边缘都已经磨损得卷曲起来。

志强伸长脖子,脑袋横过来才费力地插进搁板里,他把纸条展平了,读出上面歪扭的字迹,写着:为报复而学习。

志强思索着,李唯一是否写了错别字,不得其解。在部队时,志强瞻仰过不少"树立终身报效铁路的远大抱负"的标语,也在擒拿格斗训练时,听教官的命令,抄写过一百次"出手要把对手的力量还回去,不要硬碰硬,用力气来报复力气"的话。现在,志强希望李唯一不是要"报复",而只是有了"抱负"——不管为了什么,只是好在他都是立志"学习"了,那其实也就不必费心区分是标语还是训话吧。

回到客厅,志强一眼就看见的,还是电视机外壳上的四张不干胶贴纸,"四大天王"笑靥如花看着他,就是不告诉他李唯一的去向。

"你去找那些地方有啥子用嘛?火车不得跑吗?"小雁说,"他上火车又不用买票!"

是啊,他怎么忽略了近在眼前的火车,忽略了李唯一手持学生证就可以去往四面八方?当年他们修铁路,挖山洞、架桥梁,可没想过是为了有一天儿子离家出走时,能走得更快捷更畅通。李唯一只要上了火车,这场出走就扑朔迷离起来,可能性近乎无穷,一个起点,无数终点,这四面八方中,李唯一会去哪方呢?

这就想到了成都。

李唯一每年暑假独自坐火车去成都,又独自返回,往返的车次和乘坐的程序,他早就轻车熟路。也许李唯一没必要另辟蹊径，放着现成的目的地不屑一顾。

志强这才发现，自己很多年都不怎么念想成都的家了。他也许应该去电务段，往星月巷打电话，但如果孩子没去星月巷呢，不是就惊动了星月巷的一家人吗？他就觉得完全没这个必要。

但小雁在家中渲染的悲怆氛围，又让志强觉得，自己还是应该到外面去，躲躲家中风雨欲来的阴云。她时不时地就对着劳动保护霜呜咽一番，"只有这么个唯一，本来还有所有，但现在唯一都没得了……"

"我去成都找就是了。"志强说。

如果她不提李所有的话，他还不觉得自己要这么快做出决定，似乎是失去的李所有才让他意识到，李唯一果真是唯一的。

10

当初在为儿子取名这件事上，志强发誓要采取跟自己父亲截然不同的态度。1982 年夏天，县城火车站新生男婴的名字中，已出现众多的斌、毅、峰、杰、宇、豪、浩或皓……如何避开这些取出独一无二的名字，志强可剜空了心思。他跟妻子的约定是：如果在登记户口日前他仍未能开拓思路，就得接受小雁提出的那个庸俗的提议，李斌。

她说，"这名字可好了，有义有武。"

但志强可绝不答应让李斌成为自己的儿子，绝不能让儿子跟他一样无论走到哪里都需要与好几个同名者一同生活。登记户口的日期一天天逼近，小雁在哺乳期就开始表现出日后她将不再修饰边幅的迹象，半夜她蓬着头喂奶，连连打呵欠的剪影映在床边的布帘上，这影响的是他连夜翻字典取名字的进度，因此很多时候这一家三口都整晚无法安眠。

　　他求助过几位"有文化"的同事，他们都念完了高中，而他的中学在他入学那天宣布停课。不过，他们给出的建议依然让他有会重名的担心。他几乎在最后时刻才做出令人惊骇的决定，他决定将儿子命名为，李唯一。

　　自然，被小雁反对。她说，为什么不叫李所有，比起唯一，他们更需要所有。

　　这话的刻薄程度让他以为，是生育打开了她身上某个开关，释放出她与生俱来的某种特质，而这特质刚巧是他厌恶的。

　　他也不耐烦了，说，那下一个，就叫李所有。

　　她更不甘心了，说，为啥子还要下一个？这一个，就应该叫李所有！

　　他决定对她置之不理，所以他也等于放弃了为自己解释的机会。她的质问不过增强了他对自己应该继续沉默下去的信念，而沉默这招，显然很有效，因为小雁似乎逐渐就接受了李唯一这个命名。

　　他想，她也不过是全国万千"小雁"中最不起眼的一只，但她怎么仍无法理解"志强"们的烦恼，既然不能取个天下唯一的名字，就以"唯一"为名，这是多么智慧的主意。

不过一年多后，他再不觉得这主意是"智慧"了。

小雁的第二次怀孕比两人期望中更早，确认怀孕后，小雁开始对自己的肚子说话，这是她上次怀孕没有过的表现。她对着肚子一遍遍叫着"李所有"，或者"有有"，仿佛这一次她必须在孩子出生前，就抢先让孩子牢牢拥有她的命名。

其实她多此一举了，志强想，因为听习惯后，他也认为，"所有"拿来当名字，也很不错，重要的是，也不会有重名。

他希望的只是——她能安静些。他身边的婴儿床上是李唯一，时常啼哭，货运列车仍在半夜经过窗外，一切都在齐心协力让他不得安宁。于是他回忆上一次是如何度过她的孕期的，想着现在大不了是再来一遍，那么按上次的惯例，他应该再做一架婴儿床。问题是筒子楼的小房间怎么看来，都不情愿装下四个人和三张床。

"明天去找段长，再要一间房。"小雁提醒他。

"不合适吧？"他从没向别人祈求过什么，不是吗？参军、退伍、工作、房子、妻子、孩子……这些都像是冥冥中有个人给塞到他怀里来的，都没人问过他想要什么。

"有啥子不合适？你们大城市的人，都这么要面子？找段长诉诉苦嘛，又没得坏处。"

他听妻子的话，就准备了一番不算漫长的诉苦，但已经是他整晚没睡觉才字斟句酌出来的了。只是诉苦这件事本身，已经比住房困扰更让他感觉需要诉苦。

第二天，他挨到黄昏，终于确认了一件事，那就是自己确实没有勇气去敲开段长的办公室门。

没想到天色将黑的时候，段长上到二楼，敲响了志强的家门。志强从不觉得这位给自己介绍对象的段长还会未卜先知、体恤下情。段长更多的时候是一厢情愿、发号施令。

不过段长的神色很沉重，志强还没开口就先听他吞吞吐吐地宣告："我接到橡胶厂的电话，说是小雁下班后，被厂长……是……是单独给叫住了，她也留下来了。你莫激动，先听我说，我要负责做你的思想工作，严峻得很呢，我也不想啊，事情是……是，哎哟，算了，现在这是……哪个都没办法的事情……"

志强的困惑没来得及形成语言，毕竟他的脑子里仍要默默背诵他准备好的用来诉苦的那段话。因此段长的话他仿佛听见了，却完全不能理解。正当他艰难地应付困惑的这段时间，小雁已经在橡胶厂医务室做完了堕胎手术。

之后回想，志强才记起，段长是这样说的，小雁没哭，不知道怎么，其他孕妇都哭了，有的还闹，但小雁也没闹。她一直在骂，骂的也跟别人不一样，并不是骂厂长，也不是骂医生，她骂的是自己的儿子，但她也不是骂李唯一，她骂的是给儿子取的名字。

段长说，"因为她好像认为这才是原因。她的原话是，偏偏叫个唯一，这啥子意思哦?"

志强当然明白，她骂，是因为她相信是"唯一"这个名字，让他们失去了李所有。

小雁后来也印证，段长的描述大部分正确。她告诉志强，的确如此，不过段长对她承受的痛苦"一根毛都不晓得"。她得出结论，并且"会一辈子记到"，这都是志强取的这个名字惹来的祸——唯一是什么？就是再不会有别的——而不是刚刚抵达这座偏僻县城政府办公桌的那份关于坚决执行计划生育政策的文件。

他觉得他根本无法反驳她。倒是他彻夜准备的那番诉苦，好在暂时看来，是用不上了。

11

说到去成都找儿子，小雁像是被一口气哽住了喉咙，她喘息了好一阵子，呼吸才匀净到能讲话的程度，她表示，"那我要跟你一起去，天亮那趟车就去。"之后更像是安慰自己似的，她又说，"我可以上车再补票。"她时刻不忘自己是不能免费乘车的。

他同意了。他们决定早早睡觉，以便天亮出发。不过他压根儿不可能睡着。他只是闭着眼睛等着天亮，所以小雁推他的时候，他还以为是天亮了。

但没想，她头一回主动让他摸摸她。

他不解。她一下急起来，说，"你看看我是不是发烧了？"

他摸了她的额头，又摸了手心，还是很粗糙，但真是很烫。

他告诉她她可能发了高烧，想是急火攻心的缘故。她咬着嘴唇，说她感觉自己越来越烫了。他给她量体温，又给她找来退烧药吃。就这样忙了一阵子，她哀怨地说，我可能去不了成都了。

他说那就再过一天再去。

她猛地扯着嗓子喊，"你去！你自己去！你管我做啥子？"

他思忖着，找到儿子确实更要紧，想来李唯一才是对她最管用的退烧药。

这样，天亮后，志强就自己去了。

这趟列车的列车员很年轻，他把志强安排在软座车厢靠窗的座位。他觉得从工作证上的年龄看，这位忧心忡忡的老电工，极有可能是需要他特别对待的前辈领导，尽管他看起来又确实不像位老领导，准确说他更像一只受过惊吓的巨型老鼠。

志强从没坐过软座车厢的靠窗座位，再加上这些年火车又提过两次速，去成都只需一个白天了，因此这趟行程的一开始，他的感觉还不错，因为在他心里作为对比的，是他们一家1984年一同去成都那次。当时他们乘坐的那列绿皮火车，要走一天一夜呢。他还相信李唯一一定是去了星月巷，因此一路上也没有过度担忧。

说到1984年志强一家三口的成都之行，还得说到让小雁和志强失去了李所有的那次手术。那段时间和小雁一样下班

54

后"被厂长单独叫住留下来"的女工，并不只有小雁一个。而她们都获得了半个月的带薪假期，以及特别发放的红糖等营养品。

这半个月假期突然就让小雁对成都产生了兴趣，何况，带她回成都，这本来就是她跟他结婚前夫妻两人就制订的计划，由来已久。只不过这计划后来被意外的孕期不适和生育给推延下来罢了。于是志强也认为，这是自己责无旁贷的事情。1984年十一月，他便带着妻子和儿子第一次回到成都星月巷的家。

我们现在可以想见1984年的李唯一的模样，形同一只刚刚开始适应走路和说话的小动物，随时预备着出逃的那种，尽管李唯一真正的彻底出逃直到1997年才发生。但无疑的是，1984年的李唯一对走路和说话这两项初学的技能，都更乐此不疲，偏爱展示和炫耀。

我们还可以想见1984年的李志强，初为人父，第一次带孩子远行，他每分每秒都跟在李唯一身后。父子俩一前一后，从一个车厢跑到另一个。经过车厢连接处，李唯一有个保留节目，便是尖叫，因为如果他自己的喊叫声与火车车厢连接处的轰鸣形成共振回响，那他就还可以兴奋得再尖叫一次啦。

到晚上是志强抱着孩子入睡。夜晚的火车车窗暗淡无光，志强也许能看见自己同样暗淡无光的那张脸，就像当初他在去县城工作的那趟火车上看见的一样。不过我们也不能忽略事情的关键，那就是与上次相比，这张脸旁边，还多出

55

来了妻子和儿女。当以我们后来者的视角来看的话，那么他们是他即将带回成都的不必要的行李，还是十分必要的礼物呢？其实很难说。

可以确定说的是，1984年的星月巷给志强的印象，要比他自己记忆中的拥挤多了。这很好理解，志强的同辈人都已成家，和志强一样，他们每个人身边都有了妻子和儿子，这可不就拥挤了么？不过1984年的志强也许并不能这样去理解，他站在李家的三间砖石房屋前，无论如何回想，都觉得老房比自己参军离家那时候，缩小了几尺。

而1984年的小雁呢，她对成都、对星月巷怀抱着很高的期望，这是她第一次乘火车出远门。但她怎么也没想到，这里会是这么"黑黢黢的"，还有一股说不清楚的"老年人的气味"。

她很快发现，这气味大部分来自两位老人的床。床显然也是老的，很可能比两位老人都更老，床四角都有那种高高耸起的带雕花的床柱，小房子似的，这就把房间填满了大半，剩下的家具只是五斗柜与餐桌、几张椅子。

椅子与餐桌之间的空隙，她觉得，可能只够一个姓李的人坐下去——她发现，李家人的身形都跟志强一样，是竹竿模样。而所有这些东西的颜色都模糊不清，都像是黑色的，但细看又都不是。十一月的成都永恒的阴天里，室内暗沉沉的，一步踏入，像走进一个千年的洞穴。

在星月巷的千年洞穴里长大的李志强，自然是不能理解小雁的失望的。不过他也确实犹豫过一番，他要不要在他们初抵成都的这个月白风清的夜晚，给她讲讲星月巷这三间房子也曾有幸拥有过的简短来历呢？他自己倒也不是很了解，自幼从父母口中听过几句罢了。但很快他就放弃了这个想法，因为觉得她其实也没必要知道，大概以后她也不会再来星月巷。

这段来历如果现在说出来，是这样：志强的父母是陈氏家族的用人，星月巷大半的人的先祖，都拥有这同样的身份。但志强的父母赶上了好时候，他们和他们的子女才能住上从前本属于小少爷的房子。其实现在的砖石老房也是"好时候"那个年代新建的，但是是建在本该属于小少爷的地盘上。但后来更妥当的说法是，地盘归根到底全是国家的了。可惜小少爷没活过"好时候"。"好时候"对那位陈家小少爷一家人来说，一点儿也不好。

大嫂和侄子是这个家里在志强离开后多出来的两个人。1984年的志强也是第一次见他们，认为他们看起来很友好。他意外的是，李晓西身边却始终没多出半个人来，想必是因为她在百货公司文具柜台的工作十分辛劳，以至于她都没时间把某个成都城北地区的小伙子留在身边——志强可知道，成都的恋情不比县城，需要花掉更多时间。

李晓西也是这样说的，她说柜台前排队的人那么多，每一个都朝她伸出胳臂，连成一片看过去，就像一只大蜈蚣，她面前每时每刻都有这样一只巨型蜈蚣。结论是，她害怕胳臂，而且每只胳臂都跃跃欲试着，想要从她这里拿走一些什么。志强理解这才是她没有与小雁握手的原因，而不是因为小雁伸出的手背上显而易见的倒刺与死皮——谁见了都会躲开的倒刺与死皮。

志强猜测，小雁对李晓西的主动亲近，多半归功于李晓西身上的喇叭裤——让人羡慕。小雁羡慕的另一件东西，是门前那辆前杠装有带软垫的小板凳的自行车。

对喇叭裤和自行车之外的东西，小雁都表现得很局促，像是第一天上学的小孩，任谁都看出她手脚的动作全乱套了。志强领她参观家里的三间房的时候，她紧张的模样也让他感到丢脸。他的家人对小雁还有几分生分，这多半是因为她的口音，她把"这个那个"说成"这歪那歪"。他对"这歪那歪"都不介意。但在成都话温顺的衬托下，小雁每次开口，都像是冲对方发火，而对方会怔住片刻，似乎在确认自己并没有冒犯过她，然后恍然大悟——这就是她与所有人的区别啊。她的出现让他们全家人都开始思考"这歪那歪"到底是什么歪？于是他们的神色便有些紧张，或者也是生分。志强可以理解。

好在当时，还有两岁的李唯一招人喜欢。但在志强的父亲抱起孩子，把脸杵在孩子的脸上之后，事情再度变得不妙。志强俊美的儿子被老人的胡须蜇痛，哭嚷起来，一点不给老人留情面。惊慌的祖父忙不迭放下孩子。李唯一在拥挤的桌椅板凳之间跌跌撞撞往小雁奔去，头就磕上了椅子腿。

小雁冲过去抱住伤心欲绝的孩子，一边不忘骂骂咧咧地攻击肇事的"这歪"椅子腿——一切都无济于事，李唯一脸上挂着泪珠，被强制着完成对祖父的宅邸的全程参观。

志强一家当时被安排住在李晓西的房间。

李晓西在父母房间为自己布置地铺的时候，志强不得不向围观地铺诞生过程的全家人连连道歉。对不起说过几十遍——这让他决定，得少在家中停留，以免常有鸠占鹊巢的愧疚。于是天刚亮，他偕妻儿出发，奔赴杜甫草堂与武侯祠。

他们走出家门，需要对付的是拥挤的公交车和李唯一的哭闹。都很艰难。自行车像洪水滚滚而来。去百货公司的路上，他因为不熟悉新的公交线路被她责骂，他才想起自己已经十多年没乘坐过任何公共汽车了，只有三条街道的县城不需要公共汽车。

他当然如常沉默、不辩解，这令她更为抱怨。他百感交集地第一次拍了李唯一一巴掌，姿态粗暴但用力轻柔，且拍在无关紧要的背上，李唯一并没有哭，倒是她的声音陡然变大。他们在十字路口一度吸引来围观群众。

百货公司终究没去成。

1984年的成都之行到此时，便唯余委屈及怨气。临行前夜，志强动手做了一桌明显是成都风味的晚饭，也没能力挽狂澜，白费了回锅肉里恰到好处的豆瓣酱，以及他每天在电务段公用厨房训练出来的厨艺。吃饭时，原本友善的大嫂，脸上只有一种明确无误的表情——志强不适合出现在这里。他看出来了。

大嫂一定以为他会搬回来，或来跟他们争夺老房，而他主动侵犯大嫂的厨房，可能也进一步造成这种印象——他相

59

信这是他被大嫂冷落的唯一原因。

其实大嫂大多数时候都不冷漠，比如几次问过志强，他认识的人中有没有合适的，可以给李晓西介绍对象，她把"女大当嫁"就说得温暖热情，以及不知道是否与此相关，大嫂还几次说过，成都物价上涨，居家不易，因为有这么多张嘴在吃饭呢。

成都之行回来后，有一次工友喊他"成都师傅"，让志强忽然就感到说不出的委屈和愤怒，似乎自己不配这称呼，听来都是嘲讽。他差点就挥了拳头，只看在对方结实的胸肌的分上，才作罢。以前他很乐意做一名"成都师傅"，现在他时刻提醒自己，要避免暴露出软绵绵的成都口音。

这家人也再没一同去过成都。

12

1997年去成都找儿子的志强，是这样打算的。他先去百货公司文具柜台找李晓西，因为他相信李唯一如果到成都，最先联系的人肯定是姑妈。两人毕竟共度过八个夏天，都在同一间房睡觉，据说那个小房间虽然早已被成都城所有最时新的蝙蝠衫挤满，她也给侄子专门买了一张可折叠的小钢丝床，安放在她的床边。

但这姑妈根本不那么令人放心，她怎么会给十二岁的李唯一讲"宝宝是怎么来的"？明明她自己这些年连男朋友都没一个，还操心"宝宝怎么来的"？她让李唯一把"亲一下脸再亲一下嘴"的龌龊方法，用在那个蠢货表妹薇薇身上。志强认为这件事就足以让自己几年不理睬李晓西，只要李唯一没出走的话。

在火车北站，志强坐上终点是春熙路的公共汽车。汽车慢悠悠走到天府广场，就再也走不动了。广场中央，主席挥手的雕塑，像他小时候一样，朝向南方，挥出的手仿佛仍在为他指路。雕塑周围挤满人，广场周围的道路，都被人群拦腰截断了。近处呢，是一群川剧演员，装扮整齐，锣鼓齐鸣，正待开唱。围观川剧表演的那些人中，他第一次亲眼见到几个黄头发外国人，就多看了几眼。远处，有一堆穿红丝绒演出服的妇女，每一个都挥舞着粉色的缎带，排成整齐的队列，且行且舞。她们的后背上有紫荆花图案，胸前三枚白色大字，太大了，隔很远他也能看清，是"迎回归"。

他跟车上乘客一块儿下车，开始步行。迎面而来的每张脸上，都是人们吃饱喝足后才能显露的那种神情，迷离的、满足的，似乎这就是一生中最快活的时刻的。

但这些脸又都不是李唯一。他觉得自己与这个热闹欢欣的世界格格不入。他想不明白为什么偏偏今天"迎回归"呢？"回归"两个字让他更想念李唯一了。

好不容易走到春熙路。他急匆匆穿过马路，因为眼看着对面就是百货公司了。他没走人行道，也对红绿灯置若罔闻，这就让他可以被戴红袖章的人揪住了，再让他交五块钱，说是"创建文明城市的罚金"。

61

他不明白，但想着赶时间，就仍交过钱。

他站在百货公司的大楼外，仰头看大楼外立面，铺天盖地有无数条红底白色的条幅，喜迎回归、普天同庆、开业酬宾……他在条幅中恍惚看见百货公司外墙上有"喜……华堂"几个字。

他拉住"红袖章"问，"百货公司改名了么？"

"红袖章"说，"没得百货公司了，现在都是商场，喜藤洋华堂商场。你从哪里来成都的哦？"

他不理"红袖章"，心想也许这个"从哪里来成都"，才是他被罚五块钱的真正原因。

他径直走进商场，喜藤洋华堂的地板明亮得让他腿软。但他坚持着走了几圈，也没找到文具柜台，人们已经不需要买文具了么？从前文具柜台的绝佳位置，如今是看不见边儿的化妆品柜台，每张柜台前都站立着一位年轻的售货员，她们盘着头发、穿着短裙，看他的眼睛也出奇的整齐，都是横起来的。他没在她们中间找到李晓西，这下他只好去星月巷了。

他有些年没回过星月巷了，于是他就有许多发现：如今巷道两侧都是做餐饮小吃的商贩，成都的小吃品种多得足够铺满整条半里长的星月巷，错落有致，而且绝不出现经营品种重复的商铺。

只是星月巷在烟熏火燎中变了面貌，砖瓦的颜色更暗沉，似乎头顶上方的一线天空，也暗淡下来了，空气显得雾霭重重。尽头处的天空，有一弯正欲坠入地底下去的月牙儿。临街店铺准备营业，人们都忙着卸下窗口拼接的一块块木板，按木板上的数字靠墙码放。有人把水桶或板凳之类的东西，搬到路中央，用以抢占地盘。刚钻出家门的女人，打着呵欠，把门前地上的果皮，悄悄踢到邻家窗下。

也许是为腾地方，几棵高大的皂角树不见了，但还留下一截截歪斜的树桩，作为凉粉摊待客的小型餐桌。志强侧身，以便在各种餐桌与树桩中穿行，他差点错过了家门，因为视野里多了远处的那几座高楼，就像地图上按错了位置的图钉，给出错误的提示。

好在李晓西的房门虚掩着，志强才没有真的错过。他推门进去的动作未免莽撞，他觉得自己险些撞倒什么东西似的。侧身进门后他才看清，是门边一摞纸盒。牛皮纸盒，叠放了一人多高，正在志强身边摇摇欲坠。而李晓西呢，她在正对屋门的一张椅子上发出惊恐的叫声。

志强赶紧朝妹妹做出嘘声的手势，另一只手又忙着去扶稳这座纸盒搭建的"危险建筑"，让纸盒高楼暂时停止了晃动。

这下他看清了，这些都是叠放起来的鞋盒，他这半生再熟悉不过的白胶鞋的包装，跟李唯一的床底下那些鞋盒一样，里面都是小雁在橡胶厂做出来的精美产品，白胶鞋。小雁这些年寄来的白胶鞋，原来一直在这里完好无损地存放着，或者丢弃着，反正看起来永远也没人打算穿它们了。

李晓西可能把眼睛瞪到最大了，她的头发剪得比志强还短，光着脚踩在地上，两手各举着一只鞋。这样子怎么也不像是欢迎亲哥哥回家来的姿势。她身边地上的鞋刷鞋油显示，她可能正在刷这双黑皮鞋，才腾不出手来。

这双鞋有着傲慢地翘起来的尖尖的鞋头，在她手中就像两把尖利的匕首，或者类似的锋利武器。志强又心有余悸地去扶了扶身后的"鞋盒高楼"，转身后他不知怎么，心想，也许匕首模样的皮鞋，才是李晓西该去伺候的鞋子，而不是白胶鞋。只是，她怎么能穿着一双匕首在柜台后面站一整天呢，她想把小腿站成静脉曲张吗？

"别叫，我是来找李唯一的。"他处理完鞋盒造成的险情，才顾上说此行的正事。

李晓西疑虑重重，慢吞吞地弯腰放下两只鞋子，仍是不可思议似的。她虽盯着志强，但还没说出一句话来，大概她正困惑于暑假是否已经提前到来，李唯一应该来和她过暑假了。

志强想，可能得给她一点儿时间吧，她毕竟得确认自己确实是她的亲哥，他从天而降的样子确实让人惊讶。

过了一会儿，看起来她总算确认眼前的不速之客果真是如假包换的志强了，尽管这可能比她记忆中的志强老了二十岁似的。她说，"李唯一？我没见到他，他怎么了？还有，你怎么了？"

志强也想问她怎么了，想静脉曲张吗？但当务之急仍然是找儿子，而不是静脉曲张。所以他从李唯一出走开始解释，说到他已经去过百货公司，又想该说是，原百货公司。

"原来你都去过了啊。正好跟你说，我没工作了，喜藤

64

洋需要的幺妹儿，比我水灵多了年轻多了，还要会鞠躬会说色有拉拉，不要我这种火箭筒。不过也不用担心，我们家估计马上要发大财了。嗯？你还不晓得？你应该晓得，星月巷要拆迁，我终于可以住楼房了。啊，你是不是回来争房子的？"

"争房子？"他开始怀疑妹妹没听懂他的话，他是来找儿子的。

"李唯一来成都了吗？我都不晓得呢？你是不是找借口，回来争房子？现在所有人都在争房子。"

"我不晓得，拆什么迁？"

"是么？不是就好，最好莫让大嫂看到你了。你是我亲哥，房子给你我没意见，我一个人，怎么也有地方住。但她会说，说你没给这家贡献啥子，要啥子房子？不骗你，她就这样说过你，说你这些年唯一给家里贡献的，就是这堆胶鞋，"她指着鞋盒的神情仿佛是从几个嫌疑犯中指认凶手，洋溢着言之凿凿的自信，"占掉一个平方米的面积。我当然晓得，你跟胶鞋没啥子关系。大嫂也说过我。她一心觉得，只有她在给这家做贡献。她要是晓得你来了，我估计，哼哼，会把你吃掉吧，反正她已经把我们家吃得差不多了……"

"我真的是来找李唯一的。"他开始认为找李晓西求助完全是个错误，她为什么总能把话说到与李唯一不相干的地方去，他能想到的解释是，她根本不关心李唯一。

他嘱咐李晓西，这件事暂时别告诉其他家人，就准备离开了。但从星月巷走出来，志强也不知道还能去哪里。现在他至少确定，李唯一不在星月巷。按李晓西的建议，为避免被认为是"争房子"来的，志强也没去父母的房间，他留给李晓西五百元钱，是给父母的。

李晓西说到的那些不相干的事情是，老人的状况不是很好，"一个长年躺着，另一个也快躺下了，一个是有病，另一个就只是老了"。大嫂照顾二老，这些年不用说，怨念丛生。李建军的街道工厂换成了私人老板，李建军这把年龄又没什么文化的工人，人家才不要。他们唯一的指望就是拆迁（她又说回到拆迁）。因此李建军也没得闲，尽管她发现他从早到晚都在家门口喝茶，坐在那张吱呀作响的破竹椅上，他说"飘雪"比毛尖更好，其实是他喝不起毛尖。据李建军宣称，他喝茶也是为打听"情报"，谁让成都的"情报"永远只在茶汤与麻将桌上流传。李建军想要的"情报"，是每星期都变化的赔偿款标准，此外每周一三五他兴起的时候，还要带着破竹椅去拆迁办静坐，盼着能多坐出一套回迁房，要不多要几平方米赔偿款也行……这样的状况已经持续大半年，也许还要持续大半年，谁也说不好。

那么，李唯一离家出走，这样的事，在一家人的紧要关头，怎么也算不上值得忧患的大事，这个年龄谁不出走？志强你不是十几岁就走了么？（万幸她还记得李唯一出走了。）

"我那是参军。还有那时候跟这时候，不一样。"何况当初又不是他非要参军，他入伍都是因为他没能生在李建军前头。

"这时候也一样，大哥的儿子也出走过，因为化学没考及格，回家怕挨打，走了一晚上。口袋没钱，饿了就回家了，回家也没挨打，父母还高兴得很。相信我，李唯一也会回去的，要不你去外面打电话问问小雁，没准这时候他已经在家，吃饱喝足开始打'小霸王'了。他要出走也是因为怕挨打么？你为什么打他？"

"他不打'小霸王'。"志强难过地想起，自己竟然都打过儿子两次了。

"哦？是么？我还以为他们都喜欢'小霸王'，他暑假在这里，好像也去小胖家打过几次'小霸王'，小胖最喜欢'小霸王'。那李唯一喜欢啥子？"

本想说，李唯一喜欢化妆品，因为得对付青春痘。但志强又想，这不合适，不能这么说。何况"小霸王"与化妆品，都跟找到儿子毫无关联。他实在没心情和一点耐心跟她扯毫无关联的事了。

天色完全明亮了，温度在升高，但没有阳光能照进李晓西的房间。房间暗沉而拥挤，靠墙竖立着放起来的折叠小床，应该是李唯一暑假在这里睡觉的床了。此刻志强觉得这张铁架折叠小床，竖在墙边，就像战争时期兵荒马乱中逃离的人家留下来的东西，看得他心酸。

他身后还有一大堆碍事的白胶鞋，鞋底的橡胶兴许正在缓慢融化，因为融化过的橡胶才会散发出浓郁的气味，像是把他也黏滞在这堆款式古旧的胶鞋里。这样一来，他觉得自己像是跟胶鞋们融为一体了，岌岌可危，又一无是处，是在李晓西的房间完全不应该出现的东西。他和它们，在这里除

67

了占地方，没任何用处，既不能帮助李建军多争得几平方米赔偿款，也不能让李晓西穿上短裙高跟鞋，站在喜藤洋华堂商场发光的地板上。

但是，找儿子的事情明明比天还大，他不明白，为什么她三言两语后，他开始怀疑自己这趟来成都确实来得愚蠢，至少也有无理取闹的嫌疑。

"所以啊，"李晓西穿上皮鞋，宣布她也是预备要去看游行的热闹的，"这样的……日子，"——他猜测她应该是想说"这样喜庆的日子"——"大事化小，小事化了，不会有事的。"她说，"你好不容易来了，多耍两天。"

"要真有事呢？"

"那就发'寻人启事'啊，要真有事你在这里坐着也没用，去电视台登'寻人启事'，登报纸也成。四十八小时后，还可以报警，但估计不至于。对了，我有个姐妹，丈夫在华西都市报，要不要我找他帮忙？"

想到如果再过一天还没有儿子的消息，那就只有"寻人启事"能帮他了。如果"寻人启事"也帮不了他呢，他会失去自己的儿子吗？他不能再失去李唯一了，因为，他嘟囔着，"我们只有唯一，本来还有所有，万一现在唯一都没得了……"

李晓西说，"嘿，所有？唯一？啥意思？你不会真是来要房子吧？"

"当然不是。"他立刻否认。他连开口找段长要一间筒子楼都开不了口，何况现在？何况他早不是星月巷的人。那么他该算哪里的人呢？肯定不是县城，更不是电务段，那只是工作单位。完全两码事。

"哦，我明白了，你是说就李唯一一个孩子。那也没办法，政府又没有规定说，一个孩子不能出走，三个孩子就可以出走一个。""火箭筒"从不客气。

他跟着街上汹涌的人潮走，觉得挪不开步子似的，似乎全城的人此时都在路上走，好在这让他貌似也有了一个方向，尽管李唯一也许根本不在前方，这个方向是错误的。李唯一可能根本没来成都。他可以去重庆、昆明、贵阳、西安……道路漫长，只要通铁路，他就可以一个个城市找过去——幸好当初他们的部队修通了铁路。

他发现自己又回到了天府广场。

这时广场上的人，比早晨时又添了几倍，喧哗声、音乐声、敲锣打鼓的声音……像是县城火车站有几列火车同时轰鸣着到站。人来人往，没人会留意到他，他想到自己就像大山中那种小石头、大潮中的小水珠，之所以存在，都是为了身不由己地被推来搡去。

他满脑子都在想，为什么要盯着儿子吃饭呢？他把儿子盯走了，他下了个艰难的决心——只要李唯一回家，往后他坚决不盯着他吃饭。

也就在这时，他看见了那个背影，在离他十几米远的地方，那堆红丝绒演出服的旁边，那背影一闪而过——并不十分确定，但有八分把握，是李唯一。

他跟他之间，仍隔着大片黑压压的人头。他踮起脚尖，像多年前，年轻的军人李志强，站在山腰，踮着脚，不自量力地试图眺望成都的家，但视野所见只是黑压压的山头，绵延得永无止境。感谢他们父子俩都比周围人高出两头，让他们成为人海之上遥望的山峰。李唯一小时候，在所有穿绿衣服的小孩中，就那么出挑那么显眼，让志强一眼就能望见他。

志强拨开面前那些人，往儿子的方向挤过去。被他推开的人不满地骂着他久违的成都口音的脏话，他顾不上回嘴。他得忙着让自己的眼睛立刻装上弹簧，再将弹簧那头，钉在儿子的后脑勺上。

他想叫出儿子的名字，一声"唯一"临出口，忍住了，不要打草惊蛇。犹豫间他发现，自己不知怎么已经混入了川剧演员的游行队伍。锣鼓声顷刻灌满双耳，这时他喊破嗓子，也不会有任何人听见了。

戏服的宽袖、头冠两侧垂下的丝穗……各种花里胡哨的东西，时不时拂过他的脸，让他坚忍不拔的视线，受尽干扰——简直是酷刑。

他拂开眼前一缕缭乱着视线的丝穗，预备再灌注起全部注意力，随即发现，自己又一次弄丢了李唯一，准确地说，是让李唯一的后脑勺从视线上脱了钩。他慌张成一只误入狼群的羊，慌不择路，不像是要追踪目标，却像是逃逸，他不得已破坏了游行者的队形。当他让目光终于再度钩住那个后脑勺的时候，他发现他们相距比此前更为遥远。

他确定，李唯一回头那刻，就看见自己了。李唯一魅惑的眼神，就是他向自己发出的胜利宣告：我看见你了，你看上去真狼狈，那我也就只好对你一笑了之，你看，我笑得多甜，你满意了吗？

他们之间相隔一场万众营造的人工热闹。他想，跟这场百年的回归比起来，他等待儿子回归的两天，真是微不足道——所以他认为自己似乎也能谅解这些成都人的欢欣了。他已经不自觉地把自己排除在成都人之外了。

待川剧演员们走过去，紧接着过来一群中学生，走得毫无队形，但每一个都高举着皱纹纸做成的硕大花环，簇拥成无序但繁盛的样子。色彩缤纷的花环，随着高音喇叭号令出的节奏，并拢又分开。正是透过无数花环对齐的时刻，花环中央形成的那条五颜六色的隧道，他看见，李唯一在冲着自己得意扬扬地笑，皱纹纸环绕而成的隧道，让这笑容也是五颜六色的。

志强张了张嘴，但并没说出什么。喇叭中的女高音歌唱着新时代，这让他无论说什么都显得重要性不足。他发现李唯一的笑容飘忽又妩媚，笑过之后，李唯一在狂欢的人群中，旁若无人般，咬了一口手里的东西。

志强片刻之后就想到了，李唯一在吃千层雪。

他离家出走，在广场看热闹，悠闲地吃雪糕，哪怕看见志强在人群中狼狈穿行，他也只是笑得像个调皮的女人。如果不是女人，只有一种男性会这样笑，微张着嘴，嘴角似抿起来，仔细看却又是朝下去的，志强想起参军那天被父亲责骂成"小地痞流氓样"。他忽然弄懂，这就是自己当年戴上大红花的时候、微张着嘴笑出的样子。他用那个笑容，调戏了他的父亲。他又被自己的儿子，再度用同样的笑容成功地调戏。

中学生组成的游行队伍格外漫长，他总算等到这支队伍排列得不够紧密的队尾部分，他从一排没精打采的穿校服的少年面前跑过去，再跑回来。到黄昏降临，广场余下满地皱纹纸，几位拾荒老人忙于把花花绿绿的纸片装进编织袋，志强也再没看见李唯一。

13

李唯一离家第二年，入夏以来县城就常有暴雨。电务段频频抢修线路，志强值守的夜班电话里，紧急情况整晚不断。闲下来的，是向来"三班倒"得停不下来的小雁。橡胶厂把"三班倒"改成"八小时"，没多久又改成轮流上班。按件计付的工资因为工作时间减少，就可以名正言顺扣减了，却还时有时无。

总有令人不安的消息随雨水从山外降临，预示着厄运将至的种种迹象，时不时冒出来。似乎山外的世界已经装不下那些厄运了，它们只好沿着铁路、沿山涧低谷，辗转抵达被大山像包饺子一样裹住的弹丸之地，才发现到此处便无路可走，它们便将体内憋了许久的力量干脆全放出来，然后让很多人都遭了殃。

遭了殃的小雁先是丢了工作。随即她的新身份，就成为肺部有一块拳头大小的恶性肿瘤的下岗工人。橡胶厂厂房这一年年初就挂上了大铁锁，也没锁住洪水。暑天里库房让洪水灌入两回。积存多年的曾经的奢侈品、如今的滞销货——白胶鞋，全都漂荡浮沉在昏黄的洪水里，破鞋东一只、西一只，它们并不知道自己本应顺流而下甚至漂洋过海，去到更远的地方。它们也不知道那些更远的地方，是不是也被洪水毁坏过几遭。

在志强家的客厅与他自建的厨房之间的墙上，还有一个洞，形似铁路局售票窗口的大小。既然承重墙上只是禁止开门，就意味着可以打洞。这个巧妙的洞，或者窗口，也诞生于"营养晚餐"时期。开窗口的作用是可以节省从厨房到餐桌的传菜距离。这样一来，那些不锈钢小盘子盛装的鸡蛋西红柿、清炖排骨、黄豆猪蹄……就不必再从楼外绕路了，它们可以通过最短距离从灶台被送上餐桌。

操作是这样完成的：那些年的黄昏，小雁在客厅看电视剧，志强在厨房。她都时刻留神听着厨房的动静。如果她留恋电视剧或反应迟钝，那么她听见的就该是志强的怒吼了，"端菜！端菜！"只是在大火爆炒和锅铲声中，志强的叫声总是被埋没。夫妻为此争吵过无数次。她认为自己又不是偷懒，因为只要她听见他叫她端菜了，都是第一时间起身的。她的任务是从那个窗口里掏出那些不锈钢盘子。后来她逐渐熟练起来，这过程中她能始终确保视线不离开屏幕上的电视剧，她记得之前是《渴望》，后来是《西游记》。

73

如今小雁透过窗口，看见的只是洪水来过又去了的厨房。一只不知来处的白胶鞋，搁浅在洪水遗留在厨房地面的一汪黄水里。多年经验早形成了条件反射，她看一眼就知道，这是一只四十一号的白胶鞋，正巧是李唯一的尺码。

　　她不自觉地就把手从窗口伸过去了，她不想看见那只鞋，她想去揪住它，把它扔得远远的。可惜她从窗口是没法抓住地上的鞋的，手腕在窗口翻来覆去也够不到。而志强正站在厨房，那汪黄水边上。李唯一离家后他再也不需要喊她端菜了，虽然他们早就不为端菜的事情吵架了。

　　小雁把脸凑在那个洞口，跟志强说话，她经常这么干，于是这个窗口的作用就不止于传菜了。她说："你知道吗？肿瘤其实是从橡胶里先长出来的，然后再被我们吸进肺里。"她的四位同事与她有相同症状，她们会交流各种奇怪的肿瘤理论。

　　"所以你把那只鞋给我扔出去！"她命令他。

　　她想，都是这些鞋，用了那么多橡胶，多到足够从橡胶里生长出肿瘤。

　　志强埋着头正对付着手中的青菜叶，对妻子的命令暂时顾不上回应。他对她向来也不是言听计从、随叫随到。他带着怨愤的心情想：该扔出去的东西太多了，得一样样来扔，比如这菜叶，一年的日照不足，绿叶蔬菜都发黄得像妻子的脸，也该扔出去。或者就连妻子小雁，也该被扔出去。她不正是被橡胶厂扔出来的吗？还有他自己呢，也是被人们扔掉过的东西，把他从成都给扔到了这里。他从前多天真啊，还

74

愚蠢地认为橡胶的腐蚀只是冲着手来的，其实跟钻进肺里的毒气相比，"手?"如小雁说，"算得了什么嘛？就是干活的工具一样的嘛。"

他多不容易才与一双丑陋又笨拙的手生活了一生啊，除了做胶鞋鞋底、把鞋底鞋面缝纫在一起，这双手并不会做任何事。而他的手呢，他看见，此时都浸泡在洗菜的水里，修长的手指，不自觉握成了拳头——再灵巧的手，原来也禁不住洗二十年的菜。但菜叶即便洗干净又如何？李唯一也吃不到他做的菜了。李唯一怎么不回来吃这些菜呢？还不知道他在成都怎么饥一顿饱一顿呢。

李唯一肯定是知道小雁的肿瘤的，李晓西告诉过他——李晓西这一年来都必须担着为这对父子传送情报的责任——那李唯一也怎么还不回来？

志强偶然回身的时候，偏就看见一只糙成砂纸般的手，从窗口像蛇头一样钻出来，他忽然受到这只手的惊吓似的，有一瞬间他觉得这缓慢旋转的手腕，就像极力在向他索要什么东西的鬼怪的手。

他赶紧转回身，心有余悸地想，她一定是忘掉了，很早以前他就把自己的全部交给她了啊，她明明把他的全部都捏在拳头里了啊。

这得说到1982年那辆婴儿车。因为婴儿车太过精美，志强很得意，他太能干了，得再做点什么出来，要不就是对自己杰出手艺的辜负。所以他跑去问小雁，"你还需要做啥子嘛"？他心中也替她酝酿了一些答案，比如小茶几和小椅子。

小雁的肚子那时已经鼓成小皮球一样大小了，她毛糙的两只手掌，都稳稳当当停在肚皮上，如果忽略她的手，那时候的一切都像是完美了。只是后来他才明白，这种完美是一种错觉，错觉和手艺带来的自信让他一时心血来潮罢了。

他心血来潮的举动还包括，他蹲下来了，以便能温柔地握住她的双手，往后他再没这么干过。她把自己一只毛茸茸的手，从他的掌心里抽了出来，全然不顾这是他刚刚做出过一辆杰出的婴儿车的杰出的手。

他随即看见，她的五根手指，在他眼前一根接一根地蜷曲起来。

一根蜷曲的手指，代表一笔即将支出的花费，奶粉、家具、学费、柴米油盐……她数着自己丑陋的手指，给他算账，让他明白他们现在才是新的经济共同体，开销用度就将以手指算账的形式仔细考量，哪怕他们那时还都有让人羡慕的工资收入。

最后她举着两只拳头，信誓旦旦地说，"我们不能再给成都寄钱了。"

他当即就回答，可以。因为看到她十根手指都已经用来捏拳头，他想她确实没有多余的手指来"给成都寄钱"。

其实还好，他想，哥哥和妹妹都在工作了，成都的家人不至于过不下去。只是往后他都再没这样问过她需要啥子。他开始心安理得地认定，他的一切都被她攥在拳头里了，而她也会把他的一切都攥得牢牢的，十分稳妥。

但很多年后，这个拳头，怎么还是什么也没握住？

肿瘤兴许早就在肺里了。被发现的时机，是李唯一出走那天晚上她的高烧。志强有时想，这就是李唯一出走的目的么：让小雁发烧，去医院检查，得到一个比发烧和毛糙的手都糟糕一万倍的结果？

志强从成都带给小雁的消息是这样的："李唯一在成都，千真万确，我看到他了，但是他说不回来，暂时不回来，他要留在成都，多要几天。"

"为啥子？"小雁问。

"因为成都好些嘛，比我们这里。再说，他也算半个成都人？"他不再像从前那么理直气壮宣告他们的成都血统，自从成都的"红袖章"问过他"你从哪里来成都的"之后。这足够他确认，自己每个毛孔现在都散发出山沟味儿，没准还混着些橡胶味儿。

他没告诉小雁的是，李唯一是要"闯荡"去了——他让姑妈李晓西替自己捎来两个字。

李唯一当然不会去星月巷，因为"不想被你找到嘛"，这也是李晓西说的。因为李唯一去了百货公司，不，去了喜藤洋华堂，找到李晓西的前同事，让前同事找到李晓西。他吃着千层雪，宣告他活得很好——"我的存折上有钱。"他对李晓西说。

李晓西又对志强说，就让他试试嘛，"管球他的，他的存折上有钱。"她说她自己的存折上都没几个钱。李唯一比她还更容易在成都活下去，这地方满街都是小面和肥肠粉，只卖三块钱一碗，成都不会让一个人饿死，何况李唯一还有一副怎么也饿不死的营养过剩的大骨架，何况她还随时盯着他——要不是她这个"盯着他"的承诺，她怎么可能把志强劝走。

"他算啥子成都人？"小雁气呼呼说，"成都哪有家里好？"她可是受尽了成都的气。没准有一部分气，还参与制造了那块肿瘤。肿瘤甚至让她对打麻将都丧失斗志，让她输钱的时候比赢钱多，她还是坚持打麻将，因为这样她就可以让自己没时间再跟志强提"你给我马上出门把儿子找回来"的话了。

几个月后，如果志强无意说起李唯一或成都，比如在降温时叨念他衣服够不够，她还会嬉笑他，跟她生病之前那样，用玩笑的口气，说，"成都公交车就有一百多条线，你未必还晓得去哪条线找嘛，开啥子玩笑哦。"这让志强疑惑她是不是已经接受儿子出走的事实了。但他又感觉她不像说着一个玩笑，她哪方面都不像那种真正放弃世界的绝症患者。也许是病人才能突然获得某种口是心非的天赋，说起来什么都看透，却什么也舍不得看透。于是志强就更弄不懂"找儿子"对她而言，到底是不是真成了不再能相信的"玩笑"？

他不跟她争，哪怕她不惜掘出1984年他在成都乘坐公交车的失利往事，只为在口齿上占上风。反正志强已经认为，其实自己也算不上理直气壮的成都人了，何况李唯一。对啊，算什么成都人？这样的想法也带来一些安慰，毕竟既然算不上成都人，那就说明李唯一迟早会回来，这"迟早"的

78

时间，或许就是他存折上没钱的时刻。志强不认为李唯一能存下几块钱，化妆品和正版磁带毕竟都标价昂贵。

"那就把它扔出去吧。"于是志强也通过墙上的窗口对小雁说，只是他并没有通过窗口看见她，也不确定她有没有听见。说完，他弯腰捡起厨房那只鞋——不明来路的四十一号白胶鞋。

他走到棚屋外，刚踏在门槛上，就已经忙不迭抡了两圈胳臂，用尽了全力，才把它投出去。然后看着它，像落过水的鸟儿奋力起飞，却无法扇动沉甸甸的翅膀，明明窜出去了，但很快就急速下坠，直到砸在几米外的一堆淤泥上。

他感觉好过了一些，这当然也能让她好过一些，她好过一些之后，他还会更加好过一些。

14

连绵大雨后，是持续多日的晴天。

这段时间，志强时常待在棚屋，往外望去的时候，他会想，天上积存的苦水莫非全都被倒来人间？老天爷怎么只给人们看一览无余的惨白的天呢？他还想，也许是时候清扫棚屋那些积水了，还有随大雨灌进地势低洼的棚屋内的垃圾与枯枝败叶。

清扫后，志强爬上屋顶，往漏雨的地方盖塑料布。他蹲在屋顶上，用几块红砖把塑料布四周压紧。他放下砖块，一抬头，就见远处，似是李唯一的身影，飘飘忽忽地，正朝他走来。

志强转身，揉着眼睛，心里不愿去看，万一不是他呢？

但下一秒，志强又觉得想看。他再转回身，身影已更近了些，在这栋楼另一端，即将走进楼房投下的阴影里。他就看清楚了，这逆光中走路走成一股烟儿似的人影，果真是李唯一。他想，难道李唯一是来去无踪的烟尘么，难怪他都抓不住。

志强看见，李唯一走近了，仰头往房顶上看。李唯一还穿着离家时的衣服，并没有显得狭小，白衬衣在他身上仍旧空荡荡的，黑裤子是新的，不知道什么面料，一抖一抖的，像腿上挂着一层水银，返照着金属般的光。

志强想这真奇怪，所有前一年的衣服裤子，在李唯一身上，明明都应该短上一截才对啊。

志强还发现，仰面看着自己的这张脸上，那些熟悉的青春痘全都不见了，被神奇的橡皮擦擦到一个不剩似的。他猜测这就是让李唯一显得离自己疏远的原因吧，因为他惦念的，仍是一年前那张全是青春痘的脸，那张脸跟眼前这张脸比起来，眼前的脸就仿佛是模仿李唯一的五官，生生再造出来的无瑕赝品，照猫画虎，画出了一个去掉李唯一青春痘标识后的兄弟——如果李所有出生，会是这样一张脸吗？

猛不丁地，志强在棚屋顶上暖洋洋的日照中，忽然打了一个寒战。

"你在上头干啥子？""赝品"先开口。

"我……"这位置不管聊什么都显得吃力，说"因为漏过雨，所以我在给屋顶盖一层塑料布"么？这样的话，一旦没完没了地说起来，气氛就会像李唯一并没有离家一整年，而只不过如往年那般去成都过完了两个月暑假。

于是志强决定先从房顶上下来再说话。他开始沿着梯子往下爬，因为心急，就爬得像是跌跌撞撞。他还恍惚想起1982年夏天，自己也这样跌跌撞撞地从电线杆上滚下来的。那是李唯一出生的时候，志强正在电线杆上，听报喜讯的同事隔很远就喊"是个儿子"。志强开始往下爬，过程中漏踩了一脚。脚上专用来爬电线杆的铁器工具，形似紧扣两只小腿的八脚螃蟹。铁器被日光一晒，非常烫，隔层劳保长裤，他还是感到皮肤痛得厉害。他觉得是这种疼痛让他乱了步伐的。最终他与其说是蹬踩电线杆爬下来，不如说是有惊无险地掉到地上来。如今回顾那时候，他发现可能乱掉这一步，从此他就再没踩准过某种节奏，就像晚过点的火车，往后每站就很难准点了。

其实此时的情形也差不多，因为志强眼前就是一个从天而降的重新复活的儿子，还是货真价实的那个，并非赝品，尽管儿子的面庞没能恢复成儿童时期的透明光洁，皮肤显得厚了不少、黑了不少，皮肤下面被填进一层颜料似的。这让任何人都能轻易猜想出，李唯一独自经历过什么，是这些经历让他变得陌生吗？也让志强刚刚差点不敢相认吗？

但幸好是认了，志强站稳之后，长舒了一口气，仿佛假若错过某个宝贵的相认时刻，这股烟儿一般的儿子，又将四处飞散，再一整年消失不见。

回到客厅，父子一度相顾无言。他们进门时，小雁正被失灵的电视遥控器折磨，她扭头的同时就丢掉了遥控器。

她冲过来了，扑在李唯一身上按来按去，似乎儿子才是某个管用的巨型的人体遥控器。而被她抛弃的那个真正的遥控器，却在沙发上突然显灵，于是电视上频道便一个接一个地自行更换起来。志强干脆走过去，一把扯了电视机电源。这个遥控器也是志强自己做的，因此失灵的时候总比管用的时候多。

小雁按着儿子的胸口说，"你个该死的猫儿狗儿牛儿羊儿啊，跑哪里去了哇……"

志强无话，是因为在"你还晓得回来？"和"你到底干啥子去了？"之间，他一时无法判断自己对哪一句的答案更迫不及待，他觉得应是同样急切，但又同样不合适。前一句有太多不近人情的怨念，后一句全是身为父亲不应该表示出的不理解。

最终不管不顾，便一起问出来。

连问两遍。

是李唯一，不是李所有，志强这才确认了，因为眼前的少年延续着一贯对父亲的答非所问。他摇着头，像是听不懂志强的语言。他说，"爸，妈，妈你到底怎么样了？还有，爸，你可不可以马上去趟成都？"他的迫不及待与志强的，总是完全错位在不同的事情上。

说完李唯一还冲志强笑了一下。这笑很邪魅，让志强想

82

起游行队伍中见过的李唯一的那个笑。他忽然想起，这是有求于人的女人在无比诣媚地笑，是的，小雁看的电视剧（如今是《情深深雨濛濛》）里面，那些柔弱傻气的女主角，就凭着这种笑，全能活到最后一集。这个笑足以把离家出走的负气的儿子，变成回家来向父亲示好的不争气的女儿——不知道哪一个才更糟糕？

"你妈就这样了，"小雁的病情不是一两句的事。这世上的病人家庭才会知道，保守治疗跟听天由命，本质是一组同义词。志强指着小雁，眼睛瞪着李唯一，说，"你自己不会看吗？"

小雁摇着头，连连说，"我没事我没事。"

但你真是在问病情么？志强想。"你让哪个去成都？"

"你啊。"李唯一保持住了那种邪魅的笑，话说得已有成都人的口音，柔柔糯糯，每一个字婉转地出来，便是撒一遍完整的娇。

"你在说啥子？你还没说你干啥子去了。"志强觉得自己就是不懂风情的电视剧男主角，观众全都明白的剧情，就他不明白，仍要追问女主角——你这么笑着，我看见了，但你到底找我要什么？

"爸，我刚问的是，你可不可以去趟成都？我也去，但现在你去最合适，去星月巷。"

"你可以把话一次说完不？"

"星月巷拆迁，有你该得的房子，也是我该得的……我这一年在成都，其实还不错，我在工作了，就是没得地方住……"李唯一说着才把书包放下来，之前他都像路过讨水喝、下一秒就离开的游客，让大书包把自己的身形压成字母C的形状。

小雁慌忙问，"没地方住？你怎么……"

志强打断她，问儿子，"你让我去干啥子？"

"爸，去帮我要个房子嘛。你也该在成都有自己的房子了。你出面，爷爷不可能不点头，就是大婶不好摆平，不过我觉得也不是问题。"

"你刚说，你没得地方住？你为啥子不住星月巷？要拆吗？拆了也有你的份儿哇！现在是不是还没拆？还是已经拆了？……"小雁越说越乱。

志强摁住小雁的肩，也没摁住她的嘴，他只好再次冒犯妻子，打断她的话，对儿子说，"我管不到你现在做啥子，你说不读书就不读了，初中都还有三个月才毕业，但是你在星月巷，我至少找得到你，我也不可能非要把你绑回来。"

这口是心非得，是为把错开的话题勉强凑上么？志强问自己。一年前他是抱定要把儿子绑回来的决心的。说完他和小雁都眼巴巴看着李唯一，像等待投喂的两只老宠物。

他们只看见，李唯一不紧不慢，往他那张一年都没在上面睡过觉的三面贴着墙的小床走去。小床在这一年从未被占用，志强每月更换床单被罩，把它们摆成一种他自以为是"随时欢迎回来住"的样子。

"他们利用我。"李唯一坐在床角边跷着一条长腿，埋头解鞋带，那并不是白胶鞋，而是一双发光的黑色人造革皮鞋。这是志强和小雁第一次看见儿子穿别的鞋。

"利用你?"志强和小雁几乎同时开口。

志强想,你有什么可利用?

话题又错开,尺寸不合的齿轮只会相互磨损,把他们最终都磨成齑粉。

"哎呀,就是嘛,他们让我干活嘛,从小就是,我是他们的劳动力,免费的,最多也是个廉价的劳动力。后来,我就不想给他们干活了。我给自己找活干。"李唯一躺上小床,留下人造革皮鞋在志强鼻子底下散发臭气。

小雁说,"早看出来了,成都人从来就看不起我们。"

志强看着这风尘仆仆的浪子,他这么一躺,就剩下一摊疲倦的肉身,让志强不忍心对死气沉沉的一堆肉骨动怒。

李唯一仰面冲着几层发霉的搁板讲起来,他是怎么被"利用"的。

他说,"怎么利用我的?想不想听?"他躺着抬起巴掌,手指往手心勾一勾,"我是要收费的。"

15

李唯一收了志强五十块钱,开始讲星月巷的那些并非无忧无虑的暑假。

志强懊恼于自己早该想到这一点,李唯一不可能在星月巷的家人中自如应对、事事周全。1984 年的星月巷之行就是证明，当时他们一家三口组成的小型观光团，像初见世面的那种游客，时刻挤作一团。观光团站在李建军一家三口的房间（也是志强小时候与李建军同住的房间）时，李建军的儿子，比李唯一大两岁，因此得出判断，自己可以朝小雁怀中的堂弟李唯一，比画出手枪射击的动作——这是他对比自己小的孩子打招呼的方式。好在李唯一两岁的意识中，还不足以推测出这就是一种冒犯。而在志强的意识里，是大嫂沉默不语的样子，更像是手枪的幕后主使。参观于是被迅速推进，进到李晓西的房间，四面墙的时装或明星画，是从电影或生活杂志上撕下来的那种，贴得层层叠叠，图案颜色丰富又纷乱，李唯一挥舞小手、嗷嗷直叫，谁也不明白他这是因为高兴，还是受到惊吓而号啕？

"你也没跟我说过。"志强说。

"其实还好嘛。假如我跟你说了，我怕你再也不让我去成都过暑假了。我好想去成都的，现在也想。我还想留在成都。我在成都有好多朋友。我跟他们说，我本来就该是成都人的，是不是？天晓得怎么回事，你就把我生在这里了。有什么办法嘛，但是又刚好拆迁，机会多好嘛，只是我去要房子不得行，你是爷爷的儿子，直系亲属，按道理是可以的，我也算不上直系……"

当然——李唯一也说——从头说来，星月巷宛若天堂。姑妈和爷爷奶奶对他偏爱有加，他是从天上掉到他们面前的活玩具。到第二年暑假，李唯一九岁，被要求做一些简单的家务，因为"李家的孩子向来早当家，你看你爸"，这是姑妈说的。姑妈这样说，是因为姑妈有晾在外面没收的衣服，说完正好"顺便"让李唯一收一下；后来是爷爷忘在家中的老花镜，让李唯一送到巷口的象棋摊上；大婶"没来得及"洗的碗筷，李唯一可以试着洗一洗……

这些事李唯一不会白做，他将得到千层雪或娃娃酥作为奖赏。但事情会逐渐繁重或棘手，变成洗衣服、拖地、擦自行车……这让千层雪或娃娃酥都显得廉价，至少不足以形成等价交换，也许还让姑妈和大婶过意不去。她们就偶尔从菲薄的菜钱中摸索出几枚硬币，给李唯一几角零钱，"去买高级零食吧"。一来一去，交换关系逐渐形成，甚至隐约的行情也在双方的默认中建立，洗菜值一毛钱，搬运蜂窝煤值五毛钱……"假如我不定个价，她们都等到对方掏腰包，哪个不晓得姑妈和大婶都想剜光对方的钱包。"

李唯一尝到甜头，主动揽下更繁重的工作，也进一步提高价码，他成为这个市场的主宰。只是小小的家、不多几口人，又哪来那么多花力气的家务。李唯一的暑假全不是消闲消夏的暑假，而是劳作打工给自己挣来开销的繁忙的工作季。

每个暑假他做得最多的工作，是给卧床的奶奶扇风。大蒲扇挂在床的上方，连着绳子，姑妈告诉他，怎么拉动绳子，风扇就动一下。

邻居们就慷慨多了，毕竟碍于老街坊的情面。他抢着去买报纸、打酱油，以便将找零都自己留下。有的邻居就任随他去，但也有的邻居会计较，声称决不放过他。后来他开始跟星月巷的少年们打赌，为硬币正反面惊心动魄地押上几块钱。但因为"猜不准嘛，有时也输"。（他的"输不起"，虽然令他一度被星月巷的少年们瞧不起，但日后也让他免于在1999年那次在星月巷的大规模抓赌行动中被逮捕。）

李唯一发现的最好的生意，其实是为四邻传话——永恒的好奇心让世上的闲话格外值钱。星月巷从事这一行当者仅他一人，于是他正好垄断专行。这得说到某次托他给自己在星月巷外一座高楼工作的儿子代话的那位王奶奶。

王奶奶走不动路，也不会打电话。她的儿子三天没来星月巷看她了。她眯着什么也看不清楚的眼睛，让李唯一去告诉她儿子，"槐树开花了。"

李唯一不解何意，他手心已经被塞进一张名片，名片上的地址他正好认得。

"槐树开花了？"李唯一看着名片，喃喃自语。

"对，快去。"老太太轮流跺着两只小脚，她可能觉得自己还能快步走呢。

也得感谢那位性急的儿子，在李唯一卖个小小的关子的时候，他看也不看，就从钱包里抽出一张来，递给李唯一。这个王先生可能认为这世界上所有卖关子的人都是可以用钱打发的。李唯一接过钞票，面值十元，他想问这次应该去跑腿儿替这全身西服的人买什么？

"什么都不用你买，你给我带来消息，这是你应得的。"

李唯一恍然大悟。

"新千年，信息时代，每个人都想晓得别人在忙啥子。

知识经济的意思，就是说以后的信息都是要收费的。"李唯一日后在星月巷普及的信息时代的理论，也是出自这位给过他十元钱和人生启发的穿西服的王先生。

不过后面的话，则是李唯一的首创了，在信息时代的铺垫之后，他的结论是："想不想听？张家的事，想听就交点信息费嘛。"

那些多数跟他是同龄人的邻居们，心里被他越说越痒，往往如数交上信息费（反正也只是几毛钱），听他分解。那些事也不全是无中生有，多数有根有据，他自有一套办法埋伏在各处偷听值钱的信息（有时候也要花些钱），他在星月巷每个后窗都蹲过，这里潦草的建筑从不是为隔音和隐私设计的，恰恰相反，巷弄的建筑目的，正是为了取消隐私，让各家各户如同榫卯，精巧贴合，互相制约。

李唯一那些年完整偷听过二十八次夫妻吵架，碰巧了解过三次偷情事件，不做作业的小孩被爸妈打骂的事情就更多了。他才知道，星月巷的父母们也和志强一样，对自己孩子身上发生的事情多数没什么兴趣，唯独只有作业和考试，能让他们血液倒流。

只是李唯一的顾客们想要猎奇的心理，被他煽动得太厉害，有时会产生太高的期待，听完难免产生不够满足的落空感。

邻居们慢慢总结出，李家这个孩子确实难缠，以后最好躲他远点儿，他们恍惚意识到自己既是他的买家，又是他的卖家，他做着无本的生意呢。

但下次又想打听别人家的事，并不方便直接去问的时候，这些人脑子里第一个闪过的念头往往会是，李家那孩子呢？让他去偷听嘛。

他拿了钱买正版磁带，买新款毛衣。千层雪和娃娃酥是小意思，他想买多少买多少。没多久，就都买够了，钱存进银行。他的存折是志强替他开的，每一年的压岁钱也如实存入。买化妆品的钱就不必从存折支出了，因为还有志强在为治疗青春痘付费。不过李唯一早就英明地决定，为存折改换密码，以免志强从后方掏空他的第一桶金。

他感到可惜的是，星月巷穷困的家人，都不是多金的雇主。姑妈和大婶当然乐于使唤营养过剩、不知疲倦的李唯一——这被志强宠溺着长大的孩子，干起活儿来，还真不知道心疼自己。但姑妈和大婶也都舍不得掏出面值更大的钞票。姑妈就跟爷爷说，"志强没能尽的孝，特意让李唯一来还上。"她们以为亲情能抵钞票？能让李唯一成为免费劳动力？

收钱收得习惯的李唯一，心知肚明他们之间不存在亲情，他对亲情的理解在星月巷的那些后窗下就慢慢改变了。他偷听过大婶在爷爷奶奶病床前祈祷，"二老肯定长寿"，再转过身嘟囔他们该早点死去——毕竟大婶的儿子一天天长大，对比得老房子一天天变小。二老的房间是居中的大间，也作客厅，因为通透的西窗确保最好的采光，应该是大婶的独苗儿子住在这里，沐浴早晨七八点钟从东往西贯穿房间的阳光。

大婶的儿子，名叫李杰。李杰倒不用做事，因为大婶永远站在他身前，让他无论伸手做什么，都会被大婶领先一步伸胳臂挡住。他会一辈子是个矮胖小子，看起来也像个富足人，不过"十根指头掰开也一分钱没得"，那就不值得李唯一放在眼里。

又过去几个暑假，李唯一的青春痘正如火如荼绽放，"四大天王"中不知道哪位唱的情爱里，竟有自立自强的哲理。他忽然明白，自己这些年都在"天真地付出"。他被李家的女人们利用了，男人总是被女人利用，所以他才离女人们远远的。十二岁时，表妹薇薇就让他见识过女人是麻烦的根源，尤其是跟你有血缘关系的女人，因为这种女人你躲也躲不开，那就想"我是不是该安静地走开"，"外面的世界很精彩"，精彩在于外面的世界"付出就有回报"。去"闯荡"的心那时就"动起来"，所以他并不是因为在餐桌上跟志强吵架才负气出走，而是酝酿已久。

"哦，那是郭富城，刚想起来。"李唯一说。

16

"不合适吧？"志强一出口，就知道自己对李唯一说的是老话，他从没向别人祈求过房子，哪怕他当时还笃定地相信李所有会降生。

小雁说的也是陈年老话："有啥子不合适？你们大城市

的人，都这么要面子？找父母要房子，天底下就没得这么合适的事。我现在找我爸妈要，他们二话不说，马上都给我。"她父母的房子在乡镇，那里遍地空房，所有人都离乡背井去成都打工——要不成都怎么会需要拆掉星月巷用来盖高楼？要不怎么有那么多劳力跑到成都盖高楼？

志强对小雁父母的房子其实没什么印象。那座小镇离县城三十公里，他只去过一次，那一次他见到岳父笑得像哭似的，开口第一句话是——哦？这是我第一次见到的"大城市来的活人"。他接过岳父双手端上的油迹斑斑的玻璃杯，水烫得他一口也喝不下去。岳母倒是比她的丈夫沉着得多，不过她也许把力气都浪费在了保持一种夸张的笑容上。她更关注的是他的工作而不是他的人，"铁路局好，铁饭碗，真正的'铁'嘛。"现在想来，他在妻子家中的地位，很可能是由这两句话奠定的，此后持续多年，直到他们再也无法给小雁三个姐姐的孩子定期赠送白胶鞋和绿色劳保用品为止——因此他们现在都不拿正眼看他。

星月巷的家人可不比从没走出过小镇的岳父岳母好对付。况且现在李唯一要求他从星月巷抽走的，是房子，不是区区一把椅子，他想起的是电务段岁末联欢玩过的那种挪椅子游戏。每一轮都会有一把椅子被抽走，每一轮都会有一个因为没椅子而手足无措的多余的人。他知道被抽走房子的人，自然不及所有只是被抽走椅子的人能一笑了之。而抽房子的人，也自然不及所有只是抽走一把椅子的人能心安理得。

"那就再盖一层。你不是会盖棚子么？"李唯一显得早有准备。这让志强相信，儿子已经提前知道，志强缺乏抽走房子的动力或勇气，于是儿子贴心地提前为父亲准备蓝图，而他回家来，以关怀父母的名义，其实只不过是等志强与小雁亦步亦趋、主动跟进。

李唯一又说，"爸，你管那么多，你先去问一下，问一下有啥子不可以嘛？"

"那是瓦房，屋顶还是人字形的，你给我说一下，还怎么再盖一层？"志强说。

"你肯定有办法嘛，把瓦掀开就是了，改成平顶也可以。"李唯一笑着，"你不是啥子都会做嘛？"这一笑，忽然就泄露了他自己，这一笑，忽然就让志强明白，李唯一根本才不相信加盖一层的办法，他只不过借此来逼着志强想办法，哪怕志强想出的办法，是自己去星月巷找大嫂摇尾乞怜也好，是自己在父母大哥妹妹面前动之以情也好，甚至更极端地，去掀开屋顶再盖一层也好。反正他李唯一只要结果，就像他只说想吃千层雪和娃娃酥，但它们从何而来，并不是他李唯一需要费心的。

"不是要拆吗？为啥子还要盖？"这样想来，志强就冒出这像是明知故问的话了。他想，李唯一你都说出来啊，说出来，这就是你李唯一的计划了，我任何事都为你赴汤蹈火，只要你全承认这是你想要的。

志强身后，正是棚屋与客厅间那个窗口。他靠在墙上，左右挪动，也不知道自己为什么要这样徒劳地来让后背挡住它。或许他以为，如果透过这个洞口，李唯一就会看见他搭建的棚屋，哪怕经年累月，棚屋早衰败了，再也没有当初的惊艳，但也会落下口实，证明志强确实能凭空盖出一间房子。

但其实就算没口实、没棚屋做证据，志强还能怎么办呢？他知道自己无论如何也会拼命去成全李唯一的心愿，只是这一次他并不知道该用什么办法。

"赔偿是按面积来的。"李唯一说。他根本没看志强，这让志强感觉，他们大抵是彼此识破了，居心就在父子的答非所问中昭然若揭。

看啊，李唯一两眼低垂，这么温顺，仿佛修行者沉浸于观心——志强哪里知道，李唯一心中看见的那幅蓝图，蓝图上有他以成都人身份开始的新生。其实新生已经开始了，如果不是他不小心，被人告状，很难听地把他说成是皮条客，而他甚至很多天之后才弄懂皮条客的含义，他仍然相信自己这一年从事的事业，其实跟在星月巷买卖信息没有本质区别——他牵线搭桥，让两个其实都想遇见对方的人遇见。他喜欢看他们在羞赧中给他递上礼物和钞票的模样。如果不是因为羞赧，他们也就不需要李唯一的帮助了。

这些独生子女，从落地开始就只跟自己玩，于是他们从不知道自己要什么，而李唯一认为自己知道，对特殊天赋的自知就让他大有可为了。总之他们是各取所需，而他从中获利，无可厚非。

事情是在经他介绍而结识的两个男生的争吵中败露的，

94

他们把他们之间解决不了的矛盾推诿给李唯一。想来如果不是李唯一撮合他们下跪结拜成"兄弟"，他们才不会有这理不清吵不完的恩怨呢。他们在这一点上，倒意见统一。

两人中间个头更高大的那个，就找上李唯一要求退钱。哪有这样的道理？李唯一拒绝退钱，但他也耐心奉劝这个大个子少安毋躁，都是朋友兄弟，争执在所难免，何必斤斤计较那一点蝇头小利，就算玩不到一起去，大不了一拍两散，四海一家，莫愁前路无知己，天下谁人不识君。

大个子才不信这些莫名其妙的道理，跟学校保卫处告了状——一个伪装成大学生的皮条客，竟然在男生宿舍住了快一年！这都是艺术系的小安极力在包庇的荒唐事。

于是，小安的大学宿舍，李唯一这才住不下去了，尽管舍不得小安，李唯一还是相信自己无论什么时候都会原谅小安，因为小安拯救了他，是小安让他知道青春痘痊愈唯一的办法。这办法通俗却美好，是释放体内涌动的脓液，通过另外的出口，"要不脓液只能从脸上爆出来。"小安说的。

李唯一并不完全认同小安的说法。但让体内脓液通过那另外的出口释放这办法，是小安教会他的——这就值得李唯一对小安心怀感激，他愿意把自己的全部都交给小安。和小安相比，李唯一年轻几岁，但他在很多方面都比小安老成，在被小安带进成都这座大都市内那座更像是独立的小王国的校园后，李唯一左右逢源，很快就成为当之无愧的唯一。只是住房问题给他造成了眼下临时的困扰，要不他才不至于这么心急地找房子，甚至大动干戈地暂时离开成都理工大学内眉清目秀的大二男生小安，求助于他本已经不抱任何希望的父母。

不过看起来，父亲志强不会推诿——他向来就夸大其词，热爱表现，让自己显得像是全天下最苦心孤诣的父亲。那不如就给他表现的机会。这没什么问题。

只是假如房子真到手后，李唯一已经在想，看来此后还得有一份能拿出来说的工作，免得被告发后再被赶出成都理工大学宿舍楼的人生小小失算，再度重演。

17

这对父子在李唯一回家后的第二天，就乘火车出发了。

天色未亮，开往成都的火车在县城火车站只停两分钟，晨光普照在站台，排成长列等候上车的人那么多，让人疑心他们根本无法在两分钟内全都登上列车。于是人们你推我挤，都想挤到别人前头去。李唯一不跟他们挤，但也忧心忡忡，他解释说，这都因为火车这东西让他感觉不好，"老让人觉得，错过了就再也赶不上一样"。志强听来，发现儿子讲的话越来越意味深长。

志强但凡有一点信心敢来星月巷，怀着渺茫的希望像个骗子似的，去站在一家人面前讨房子，却还是以号称要给"老房子加盖阁楼"的名义，尽管他自己不想承认，这确实是从李唯一对自己的"威胁"中受到启发。他知道这"加盖阁楼"的办法，荒唐到全家没一个人会赞同，那么，也许大哥大嫂能感受到这提议中确实存在的威胁，尽管很绵软，很迂回，充满破釜沉舟的无奈，但他们肯定也不愿被掀开屋顶。也许他们就会这么松了口，应承给他一间房子？

志强先找到李建军，但没想跟李建军的谈话会这么正式，两个人面前都有一只茶杯，里面泡着"飘雪"，茉莉花香甜腻得令人发呕，两兄弟在家门口坐成两国领导会晤的架势，目光瞄准着星月巷每家每户墙上那个画上圆圈的红色的"拆"字。

他们说了一番李唯一出走或回去的闲话，李建军说，"一家人怎么也还是要在一起嘛。"志强觉得这句话含义非凡，一时接不上话，但他宁愿是自己听者有意、想得太多罢了。

他回想起前一天，忖度李唯一也许只是言者无心。李唯一跟自己到成都火车站，走出车站李唯一才告诉他，"你去星月巷吧，我就不去了。"

"为什么？"志强惊讶极了。

"我先去见个朋友，去他那里住。反正星月巷也住不下，你还得在爷爷那儿打地铺。"

志强挥挥手，像是把儿子快点赶走，但他知道只是自己气鼓鼓地默认了他如今拿李唯一毫无办法的局面。

李建军见志强无话，以为是暗示自己该说到正事了。

李建军似乎对与拆迁和房产有关的一切，都了如指掌，于是跟志强娓娓道来。李建军的表述比当年那些言简意赅的信件详尽，他说，这些事，他是真的也没办法。赔偿款比他预计中，低了至少十五个百分点，但算来算去，还是要回迁房划算。这就得再跟志强把回迁房面积算一算了——据说新房的面积虽然大了不少，但也是仅有的三间，现在流行三居室，因为独生子女时代，三口之家，三居室最科学。

志强当即就佩服起李建军来。

李建军又说，不过，对李家来说，情况又有些不一样，三代同堂，因为李杰已经大了，不便再跟着父母住，这三居室的分配就只能是，李晓西同意在出嫁前都住在客厅，最多给她打一个隔断。

"要不她真不会嫁人了。如果她嫁人，我们就省事多了。"李建军痛心疾首。他承认这样说不厚道，但老妹妹下岗以后，行径未免更加怪异，看男人的眼神都像当年我们仇恨阶级敌人一样。他好心给她介绍对象，谁知她差点掀了桌子。现在不只是她，李建军也有另外一万种理由能愁白发，最发愁的还是因为他不能让家里每个人都住得舒坦。于是说到"归根结底"的部分——这件事得你大嫂点头。

"还是志强你舒服，不用操心七八口人怎么睡下来的问题。铁路部门就像保险箱。在外人看来，铁路和部队一样，进去了就牢靠了，想出也出不来。但也不会有人傻到真想出来，对吧？在里面最多就是拥挤些，就像李唯一小时候，听说得住在三面都是墙的小床上，听说小床还放在厨房？那也没啥子，我们一家三口还住一间房，你侄子从小就知道晚上他爸他妈会'打架'，还知道他妈一'打架'，就叫唤得像呕吐一样。我的意思其实是，李唯一迟早要离家，而铁路呢，管保给你们盖不花钱就能住的大房子。"

"不是那样。要看级别，看工龄，看家庭常住人口，小雁下岗，又有肿瘤，我们难上加难。还有公房改革，要掏很多钱买现在的一室一厅，我们也住得像一窝老鼠"——志强这整段诉苦，包括老鼠的比喻，都由临行前小雁一字字教来。小雁说他，"明明长得点头哈腰，偏说不出点头哈腰的话，白费了这天生就像是能四处讨来便宜的模样。"肿瘤又提升了小雁的诉苦能力，她如今随口一张，就是能让人落泪级别的诉苦，诉苦又不花钱，她余生残存的乐趣，便是与人分享苦衷。要不是她张口闭口的苦衷在火上添油，"李唯一再不对，也不过是想做李家的孙子，李家的孙子为啥子不能分一间房子？"志强想，自己何苦再掏出工作证，挤上火车，千辛万苦回星月巷来号称自己要盖阁楼。

18

志强又去找大嫂"点头"，这比跟李建军"谈话"更困难，于是他叫上李晓西一同去，因为李建军拒绝了。

从星月巷老屋唯一的西窗望出去，李晓西看见了这一年刚建成的、睥睨整座城市的那座楼，号称全城最高，高到她竟然都望不见楼顶。志强刚参军时，她知道他是往西去，她每天早晨刷牙时就站在西窗前打望，她记得那时自己偶尔能看见"西岭千秋雪"。她现在还能看见几块方方正正的楼宇，像是印上天空的大小图章。几根高耸在天边的塔吊，仿佛悬停于半空的对弈者的手臂，在城市的棋盘上，来来回回排兵布阵，落子无悔。

老屋挺过这一年的雨水，星月巷不是所有房屋都在这一年的洪水中坚挺下来了。但眼下李家的三间老房在星月巷的姿态，还有星月巷在这座城市的姿态，似乎都比志强此刻的姿态显得屈辱。她没想到有一天志强会以只能被称作屈辱的姿势站在老屋前——肩胛骨高耸，让点头哈腰的姿势毫不显得刻意，而是基本固化在他的身形里。

"多少年不见，一到夏天就把李唯一扔过来，白吃白住，现在倒来要房子。"大嫂说。

"是为唯一来的。他受了你们照顾，现在……也大了……也想……也想来成都……讨个生活。"志强吞吞吐吐时，两只肩胛骨就像蝴蝶翅膀扇动，扇得李晓西怒气冲天——她简直没法接受，志强这个李家的二儿子，在大嫂这个外人面前都点头哈腰起来。

"唯一啊，能干得很哦，小小年纪，自己就在成都过了一年，还说啥子讨生活，怕是我们以后都要找李唯一给口饭吃，我们这一家人都没得工作的，都在吃下岗补贴……"大嫂说，"但我才不是懒婆娘呢，你看，过年过节我做个粽子和汤圆，做个清明团子，做个月饼……端到街上卖。根本卖不出去！怪不得我哦……"

她说得自己都悲从中来，毕竟她的粽子汤圆都相当美味，问题都出在她从没赶上过这些节令食品最好的节令。别人家的月饼，农历七月就上市，她的月饼慢工细作，出锅时已是八月初十了，来年她赶早不赶晚，但又赶得太早，农历六月的成都是溽暑，没人会对月饼有胃口，月饼存不住，三天就馊臭。她只好再等来年，并下定决心明年一定把握时机。不过她的人生就是不断错失大好时机的人生。她相信一生唯有一次抓住的时机，就是嫁给李建军，从成都远郊的村子里搬入星月巷。这一下，把好运气都给用光了。

她越想越委屈，好在还有儿子李杰给她争气，李杰这一年读高三，是背水一战的关键时候，她决不能让李杰受影响，她就宽慰自己那么其他事情都好说。

她接着说，"李唯一小时候就会挣钱，现在也是，我听说，他给人介绍'朋友'，还收介绍费？你转告他嘛，千万不要费心给他堂哥介绍了，我们家李杰多正经的，不需要介绍朋友……还有，"她略犹豫一下，又觉得这话没错，可以直说无妨，"听我劝一句，李唯一应该先读完高中。"

李晓西听得汗毛倒竖，她知道，这"介绍'朋友'"只是大嫂美化过的说法。但志强不知道。所以她不能让大嫂把这话题像羊群一样再往前赶了，真赶到志强跟前，天知道志强会是什么反应，回家讨房就已经让他扛了千斤重担，再不能给他压上另一个万斤包袱。

"李唯一当然能干，大嫂你的儿子也能干。"李晓西抢过大嫂的话。但她可受不了大嫂的胖儿子，况且大嫂总挡在李杰前面，让李晓西都很难见到他那张时刻惊恐着的脸，更难听到他战战兢兢地悄声吐出几个字。李晓西对李杰说过最多的话，是"有话快说，别让我替你噎着"。即便如此，她也难得听李杰吐出几句完整的话。

大嫂被李晓西打断，一下像是忘掉了刚才的话题。她开始说李杰，是杰出的杰，又是李家的长房长子，将来是要给爷爷奶奶端遗像的人，说着又想起什么一样，往隔壁房间努嘴，压着嗓子说，"奶奶怕是不行了，就这一年了。"

李晓西憋不住，再不想跟大嫂兜圈子，她嚷着，"你就盼着我妈不行是不是？"

大嫂一点儿也不惊讶，像是早就习惯李晓西的嚷嚷了。大嫂转脸冲志强嘟囔一句，"是奶奶自己说的。"

李晓西倒是略放心了些，至少大嫂没再提李唯一收"介绍费"的话。她以为自己知道李唯一都在干什么，她不觉得这有什么问题，有时候她还挺佩服李唯一的（不过志强就不一定了，志强会被这样的消息吓走半条命）。她知道这"介绍费"，也不是谁都有本事收，非得有万中挑一的出色眼力，眼睛一眨，就从万千人海里把需要介绍的那位锁定。她知道有这方面需要的人，眼睛都自带激光，旁人全然不觉，他们只对同样有激光的人发光。她了解他，他们毕竟共度了八个夏天，而她在他十二岁时就确认了，他就是一支好激光。

十二岁的李唯一暑假就住在她房间的折叠小床上。某个晚上他不睡觉，因为"为什么我生在县城，李杰生在成都"的问题第一次开始困扰他。他便问李晓西。李晓西困意蒙眬，只得找各种话来搪塞他。在她看来，李唯一很好哄，你

102

看，随便夸夸他，他就能把家里的活儿全给干了。她忘了后来她是怎么开始说到"男女怎么生宝宝"的问题的。她告诉他，是"爸爸妈妈亲一下脸，再亲一下嘴"。毕竟她又没有过给小孩讲男女怎么生宝宝的经验，她认为这样的说法已经相当智慧了。

但大概是"亲嘴"的说法把她自己吓醒的。她忽然就觉得不妥，猛地坐起身，撩开帐子，打开台灯，去看李唯一。她瞧见李唯一瞪着大眼睛，仰面躺着，一动不动，眼神表明，他仍在为自己为什么生在县城的命运而困惑。

她猜想也许十二岁的男孩还没有开始发育，才会对这种事情没感觉。她自己当然也没感觉，她早就相信男女间的事本质上相当寡味。后来回想，她又觉得是因为她的讲解也许太朴素了，一点不带荤腥的，难怪李唯一没反应呢。

那就当给侄子做做义务科普好了，但愿侄子是真当科普听了。

怎么想得到呢，"科普"之后没多久，有一天她在巷口看见李唯一，他站在那儿，跟星月巷的几个男孩说着什么。他可能刚洗过澡，头发还滴着水，那种两腿交叉、身体扭结成几乎快倾倒的站立的姿势，让她觉得很异样，于是她装作没看见他，从旁走过去了。

见她走过去，他立即从她身后追上来。她看见他当时的表情，是又紧张又神秘，还有点搞笑，因为他那时多稚嫩啊。

他开始央求她为他保密，随即又欲盖弥彰地解释，说自

103

己在谈生意。

她狐疑着点头，她想的是另外的问题——他并不是发育迟缓。

她决定要验证一下。于是她当天晚上就扔给他一本时尚杂志，翻到特别的页面，上面几个日本偶像组合的花样美男，都涂了红嘴唇、赤裸着上身、眼神放光——从李唯一放大的瞳孔里，她觉得自己果然得到了想要的结论。

"想不到嘛，李唯一，你跟姑妈一样。"她得意地微笑。

"哪里一样？"

"天生的一样。"

"我是男的，你是女的，怎么天生一样？"

"哪里不一样？"

"姑妈喜不喜欢？"李唯一手指搁在花样美男的唇上，他似懂非懂地问着，反正她分辨不出他是真懂还是假懂。

李晓西邪魅一笑，"不喜欢。哦？这么说，我们还是不一样，我们喜欢的不一样。"

话说到此就该止步。李晓西相信，这邪魅一笑，会成为李晓西与李唯一的暗号，也是他们之间一个旷日持久不解开，但双方都乐于维持下去的谜语。

所以李唯一具备这种素质，他注定会成为某个隐秘的群体中，那个绝佳的"介绍人"。

19

因为生怕自己被归到"白吃白住"的类别里去,志强就对大嫂说,"不是的,你们的还是你们的,我可以加盖一层,加盖的部分,算我的嘛。"

"屋上的瓦怎么办?"大嫂滚圆的眼望向天花板——确实相当高,但她设想不出多出一层的样子。

"我想过,层高够高,当中加阁楼就行,不用动瓦,我保证……不费事。"志强跟李建军已经保证过一遍"不费事"了。

"天啊,不敢想。"她想必从没见过屋中央架起来的阁楼。

"我们真的是没办法了。"因为志强已经把从小雁和李唯一那里学来的话,都讲完了。

"我也做不了主。我又不姓李。我要是说不行,你们一家人都得恨死我。你见过我说过半个'不'字吗?那我要说行呢,盖房子这么大的事,还不盖得伤筋动骨……"她的语气哀婉得让志强忍不住也想与她诉诉衷肠,幸亏他及时定住精神,告诉自己事情显然正往他期待中的方向发展,也许她说到"伤筋动骨"后,就该果断摇头,就该否决志强的荒唐建议,那么也就该是他提出要一间回迁房的时候了。

千算万算,没算到大嫂说着说着,忽然就点头了。在志强看来,她痛下决心点头的样子,确实有着似是而非的长嫂风度，"算了，你们是亲兄弟，我才不要做坏人。你想盖就盖，我不负责任的。"

志强一时说不出话来，不确定自己还能不能摇头。他开始担心自己被她要了，他想难道她也算准他这兴师动众的出场，只不过是虚张声势、声东击西的伎俩？所以她偏偏不让他的声东击西如愿，要让他声东也击东么？

她又说，"不是啥子大事。我只有个小条件。"

"啥子条件？"他似乎看到了希望。

"也不算啥子条件，你喊我一声'大嫂'，承认我这些年的功劳。"她的圆眼不至于说谎，让他觉得这果真是她盼了好久想说的话。

"那，大嫂，这些年真是辛苦你了。"

"还有，新房的家具你帮我们设计一下嘛，听说你手艺好，能做出全套家具。"她哈哈笑着，说得半真半假。

甚至像是担心志强反悔，两天后，李建军拿回一张纸给志强看，志强不解。李建军就认为十分必要亲自给志强从头到尾念过上面的文字。他把落款的日期都念完了，看上去才让志强明白，这是申报自有住房改建被通过的手续，"你想干就干，这些政策的事情，大哥比你懂，也帮你办好了。"

李建军这些年在与房建有关的一切场合像条流浪狗似的，神出鬼没，向来没讨来过什么实惠的骨头，直到这千载难逢的机会让他有理由在房管局托人弄回这张纸，他可以名正言顺地让那些人还他人情，大半年来那些人可没少收下他的"飘雪"，再加两条"娇子"。

于是这张纸显然对李建军的意义更为重要，因为他的价值终于得到上面那枚大红章的证明——他的外套挂在两肩，进门的样子就像是刚打下一场艰难胜仗的将军。可不是艰难嘛，那枚大红章又不是谁都能盖下来的。

志强从不认为自己当真会在星月巷盖房子。都怨这枚红色公章，突然让他明白，自己进退两难，一时心急，差点落泪。他几乎就要告诉李建军，这件事超出他的能力，根本办不到。还有，他也没想过真要这么干，连这趟成都，他都不该来的。

"那要是加盖的不算面积呢?"他想了想，问李建军。

"这个，还真不好说。"李建军沉吟着，"那就算了嘛，不盖了。我们，再想别的法子。不过人家也跟我暗示过，应该是要算面积的。我有关系嘛……"李建军脸上皱纹丛生，一开口那些褶皱间都像埋伏着什么。

"我就怕……就怕跟儿子没法交代。还有啥子办法啊?"

"那你就盖嘛，反正只是给他个交代，尽力了，就可以了，都只有一个娃娃，都是宝，我理解。其他办法，我们再想嘛，再想嘛……"李建军这就停下不说了，他看志强的神情，让志强忽然感觉，李建军还有其他话，但他不能说，或者是前几天那场会晤式的谈话中已经说过。没准李建军也跟自己一样，正在拼命忍住那些话，要忍住的缘由也许也是一样的，志强想，那些话会让兄弟往后的相见，变得很尴尬。

于是志强也不再说下去。他知道自己其实还有一条万不得已的路，去找父亲，尽管李建军如今才是当家人，老态龙钟的父亲脸颊瘦得几乎缩进衣领里，但仅有的清醒神志，都还花在确认自己到底是饿还是不饿的问题上。大嫂每天三次问老父亲吃饭，他都说不饿，但一家人刚把饭吃完，老父亲又会喊饿，责骂"小地痞流氓们，都想饿死我吗?"

"他其实对饿不饿已经没什么感觉了，医生说这是年轻时候饿得太狠了，从来没吃饱过，才会这个样子。"大嫂说的。这样想来，志强就觉得，再把房子的难题甩给父亲，对这两位父亲来说，都显得是非让吃不饱的乞丐回答远到天边的哲学问题。

于是志强站在星月巷父母那间老屋门口时，还会发现自己完全不如李唯一，他无法像李唯一那样，把一切宣告得气定神闲，再谄媚地笑成让父母无法拒绝的模样。完全做不到，在某个平常得仿佛只能用来往屋顶盖塑料布的日子，让自己化作一股飘荡多年才找到家门的烟儿，凭空飘来，再开口对父母宣告，"嘿，抱歉，我得借着你们这老房子就要被拆掉的机会，在你们就快搬出住了一辈子的地方之前，先掀开你们的屋顶，给这间看起来不用拆先就会自己倒塌的房子，加盖一个二层阁楼，因为这样做，才能让我儿子将来在成都得到一间回迁房。"

志强当然会放弃找老父亲的念头，他哪怕半个字也没跟老父亲提过。

这几天在星月巷，志强晚上都睡在父母床边的地铺上。房间东边的大门和西边的窗户都紧闭着，西窗外没有路灯，没有星月，没有任何制造光亮的物体。志强睁大眼睛也只能看见黑暗，以及一些依稀可辨的孤独。

他想起小时候，他多盼望能睡在这间房。三个孩子谁能睡在父母的房间，都是一种莫大的荣耀。可惜享有这种荣耀的，要么是李建军，要么是李晓西，怎么也不会是家中老二。志强安慰自己如今总算实现了这个愿望，但他只感到侮辱。

志强还回忆起，他与成都这个家在形式上的唯一联系，从前始终是汇票，从他没给家里寄钱开始，他与这个家仿佛就断了线。星月巷收不到来自电务段的汇票，志强也再没收到过李建军执笔的那种雷同的家信。偶尔，他上夜班时在电务段的值班办公室偷偷用公家电话拨回成都，听星月巷的邻居用成都话去喊家人接电话的时间，他才会想起星月巷的皂角树、污水横流的巷道在夏夜有栀子花幽暗的清香。他通过电话了解的家中近况，与李建军的信件一样简明扼要。这让他产生了只有自己历经世事而星月巷始终岁月静好的印象，觉得也算慰藉。现在发现哪有什么岁月静好。有时电话落空，家中无人。也有时，因为他占用线路，紧急电话无法接入，门外响起同事急促的敲门声，他才心虚又不情愿地挂上电话。

志强心事重重，但不敢翻来覆去，他尽量让自己整晚只用一个姿势躺着，尽量纹丝不动。这是他的方式，也像是最后一点不给父母增加干扰的尊严。夜深难眠，半夜偶尔听见老人的呻吟声，像是念经，又像嘟囔着那些抱怨的话，听不清都在说着什么，感觉像是饥饿的人有气无力地呻吟。也分辨不出这声音是父亲还是母亲发出的。他猜该是父亲，毕竟老母亲每个昼夜都需要昏睡二十个小时。她的家族遗传病表现形式就是睡觉，这种疾病也曾因此被认为是富贵的象征，穷人们哪敢成天睡大觉呢。那么父亲也许也没睡着。

拆迁条款还并未公布，二层阁楼也许完全算不上"拆迁面积"。何况在成都盖阁楼，可没有从电务段借用原材料的便利，木料砖瓦，都去哪里找？需要多少钱？更没有三五个年富力强的工友，帮你打掩护，甚至帮你搬木头，尽管这都只因为你平日为他们敲敲打打做出过一些玩具似的小板凳和床头柜……这都让志强时刻陷入巧妇无米的惊恐，越想越觉得这玩笑闹大了，其实连他自己都不会信。

20

李晓西也从不拿这件事当真。志强和李唯一要房子，能给就给，不能给就不给，何必在老屋大兴土木？她也不该小看星月巷邻居们那些锋利的唇舌——李建军将军似的展示战绩的时候，李晓西在星月巷被迫成为李家的新闻发言人，总有人拦住她，逼得她一再驻足，亮开嗓子，做出解疑的架势。

"志强真要盖房子？他一个人盖？"

"盖到你妈的头上去！"

邻居们悻悻地，等她走过去，再继续研究：李家人想赔偿想疯了，凭空想盖出个二层阁楼！胆子大得要掀了百年的青瓦。多么急功近利的想法，但也是多么有用的办法。怎么被李家抢了先？

人们感觉很复杂，说不出对此是不屑还是羡慕。

几位胆大的邻居，下午上了李家的门，开口闭口是"讨教经验"。他们也蠢蠢欲动，准备给自家老房子也加上几层楼，他们之前不是没这么想过，怕的是费了力气，房管局拆迁办还不认账。李家既然准备动工，说明他们一定握着内幕消息，那就值得三番五次来打探。听说李建军还拿到了"手续"，这让星月巷众多的长子们意识到，他们"静坐"的办法是多么幼稚低级。不过不去拆迁办门口静坐，他们也得在家门口静坐，不然怎么消磨这么多的天日？街道工厂倒闭后，坐是他们的生活，同时也是他们的工作。李建军的手续也还不是在房管局长年累月坐出来的？他们揣摩着那手续，都愿意认定，那不是真的。

邻居们得到大嫂的殷勤接待，李家的当家主妇尽管不是星月巷的人，但嫁到这里后就总是笑脸迎人，她那些错过了时令的粽子、清明团子，最终都落入了邻居家的灶台。她送这些东西的时候总是一脸羞愧，仿佛是邻居们给她送东西似的。来年他们做粽子，都贴心地悄摸摸行动，不让她发现，以便她的粽子再度错过端午节的时令。星月巷的人们还心疼她照顾公婆，又能养出一个从不捣蛋的高中生。她比李家三兄妹招人喜欢多了。

邻居们领受了瓜子、喝了"飘雪"，有人就提议，得去隔壁看看李家两位老人了。过意不去的众人这就行动起来，结队探望一番，说的都是"现在看不起病也得不起病"这种显然并非劝慰病人的老话。其实李母是遗传病，长年静养，早就放弃了治疗，李父则只是老掉了，年轻时劳累，身体底子次了，也不需要上医院。这天他们没看见李父，就议论着他其实身体尚可，还能外出活动。

墙那边的李晓西，先听见隔壁父母房间一阵乱哄哄，过后才从这阵乱子中听见大嫂说话，听来语带哭腔，"都是志强要盖，我一个外人，有啥子办法？"

李晓西就确认，事情看来果真是被大嫂说出去的。这女人最会装可怜做好人了。

李晓西蹿出来，接连骂走两拨人，眼看着又有人往她眼前晃悠着来，也不知是不是来家里"讨教经验"的。她关上自己的房门，又觉得，关起门来能有什么用呢，她得解决这件事。她骂句"要死"，甩上门，找李唯一去了。谁不知道抓贼要抓王？不过志强和李建军又干什么去了呢？

她始终能找到李唯一。他跟她都在这城市的某种隐秘空间里活动。她知道他们时时躲藏，又时时留下蛛丝马迹。她辗转通过三位相熟的人提供的线索，在百花公园的茶馆，就找到了正在掏耳朵的李唯一，其实隔很远，她先看见的是他闪闪发亮的左耳，走近发现，那是耳垂上一只有机玻璃的耳环。

"你爸那么大岁数，还要来掀你爷爷的房顶，都是为了你，你还在这里悠闲？"她气势汹汹地走过去说。

"我晓得。"李唯一挥手赶走掏耳朵的匠人，两脚搁在另一张竹椅上，望着旁边的百花溪，洪水之年后城市里所有的水都流得有气无力。

他用她几乎听不见的声音说了句，"姑妈，这地方女的不适合来，你也不适合。"

"难道我不是女的么？"李晓西没明白。她环顾四周，发现与公园别的茶馆迥异，这里没什么茶客，而成都的茶馆从来不至于冷落。这几张竹椅竹桌前，只零星三五位男茶客，都与李唯一年龄相仿。他们穿得很光鲜，她认得他们都穿的是商业街服装市场里那些塑料模特也刚套上身的款式，但这些小男人都埋着头独自喝茶，没有同伴。

她忽然有种感觉，她无意闯进了李唯一的小小王国。她知道，他们这种人跟她们这种人一样，在庞大的城市建立起一个个据点，据点让他们从不至于真正失散，据点也像蜂巢会吸引来更多气味相投者。据点不仅是集合地，有时也是某种市场，是交易发生的地方。李唯一坐在这里，貌似无所事事，其实他正恪尽职守。

李唯一转过脸，用眼中已然带有职业感的那束激光，从头到脚扫过她，激光束最后落在脚上——这女人穿了一双黑色泡沫的男式凉鞋，露出一堆骨节突出的脚趾。他可能不想让人看见自己和穿这种凉鞋的女人同时出现在这里。李晓西已经看出他的不耐烦，她也不管，自己先拉张竹椅，面对他坐下，"我说完话就走。"

她想的是这地方对我来说算什么？我怕过什么？当年她

身无分文从成都走路上北京，走到河北，半夜在大通铺上遇上几个想占她便宜的流氓，还不是被她大嚷大叫地吓跑了。她带了一路的水果刀，早就替她做好了刺伤几个混蛋的路线规划。

那大概是她对男人这物种真正失望的开始，那几个流氓跟她的队伍在河南结识，一路同行。他们在白天完全是另一种相貌，多么虔诚多么谦逊。男人们怎么一到天黑便成了怪物？难道他们的体内与生俱来的某种神秘物质让他们天黑就变身，而他们自己对此又丝毫不能控制吗？

李晓西从前还以为，也许李唯一这个年龄的小男人还有点希望，但李唯一的话随即便证明她根本是一厢情愿："爷爷奶奶还能听见啥子嘛？聋都聋了。爷爷把我当成李杰都好几年了。奶奶更不行，快没气了，估计受点惊吓，人就没了。"

"那你还忍心这么搞？"她说。说完才发现其实心里想的其实是志强，这个一辈子都毫无存在感的哥哥——怎么能对志强忍心，让他可怜兮兮地来求人？

"我说的是事实啊。要不是我爸离开成都，不对，要不是为你们，他离开成都，我现在也不至于。你知道我们这种县城的人，要留在成都，得多难吗？你肯定不知道，虽然你跟我有一样的烦恼，但是你没这种烦恼。"

说完李唯一又给出那种笑，只是这熟悉的他们早就心有灵犀的笑容里，让她感到陌生的，是临时描上的几笔威胁。她意识到眼前的男孩，已经是专职的泄密者（她怎么会不知

114

道他在星月巷做过什么）。偏偏被泄密者知道她最大的秘密，足够让她离家出走一辈子也不回家的秘密。现在，她必须心平气和地对待他，她没有别的选择。

"你爸不离开成都，不认识你妈，哪里有你？"

"你就不要跟我说这种哄小孩的话了，你从小就哄我。"

"那我不哄你，你想回成都，就自己读书，把中学读完，再考大学。"李晓西气势汹汹的责问，不由自主地软成了劝说。语气一软下来，她都被自己说得叹了一口长气，又说，"我这辈子最后悔就是没好好读书。"她想起因为没读书，所以她只能当一辈子售货员，只是从前坐在百货公司小城池般的专属于她的柜台后面，现在站在商业街服装批发市场各位私人老板的货架中间。哪怕她曾是勇斗流氓的女英雄、被领袖接见的小将，只是她孤身一人不知怎么就活到一个再不需要勇气和武力的年代。这个年代只有需要她拼命赞美的顾客，但大部分时候她哪怕把天下好话说尽，顾客也再舍不得朝她伸出付钱的胳臂。

"说得对，说得对。所以，我有了初中毕业证了，你要不要看？"李唯一不知从哪里变出一个红本子，扔在她怀里，"我不是读书的料。你们当年没书读，凭啥子就要我把你们没读的书全读一遍？"

李晓西从没见过初中毕业证，也不想看。

他又说，"是买的，假的，很像真的是不是？我就靠它找工作了。"

"用假证是犯法的。"

"没关系的，我妈坐火车，从来都用假的铁道职工工作证。"

"你到底要干吗？"她把红本子扔给他。

"我？现在在喝茶，过一段时间去找工作。"

她想现在还不必揭穿他，所以便憋了一口气，又说，"让你爸停下来，别闹了。"她恍惚觉得自己还是那个给他买小衣服的长辈。只是眼前这个穿紧身衬衣和牛仔裤的男孩要的，再不是小衣服了。他刚才甚至还伸出脚，给她看脚上的鞋，建议她也买一双差不多的，换掉这双露脚趾的泡沫凉鞋。她看见他脚上的人造革黑皮鞋上，竟然有把耐克鞋标志的钩，不过方向是反的。她猜测他身上的假名牌也算是为"工作"需要。

"你自己跟他说啊。"李唯一吹开额前一细缕挡住眼睛的头发，发梢在秋天稀薄的日光下，微微泛出金黄而优雅的光。

"你明明晓得，你的话对他才是圣旨。"

"姑妈，你没见过他盖的厨房，就跟外星人盖的一样。"李唯一突然显得兴致勃勃起来。

"你不就是想在成都有地方住吗？你跟我住可以吗？"

"玩笑开大了。我跟你？我们都晓得，不可能住一起，都不方便。我又不能一辈子睡钢丝床，还是折叠的。"

她以为他们都知道"都不方便"的深意，她体内那位长辈，正拼命摁住被冒犯而点燃的怒火，只有作为志强妹妹的李晓西，此时还能勉强开口："你简直异想天开，你爸爸再

116

能干，盖房子也得累个半死。"

"这话就不对，你知道啥最让他累吗？就是我不让他为我累，那他就真不行了，那真是累死他了。要是他觉得是为我累的，他怎么累都没事。你没我了解他。我上次回家，他还在我家棚屋的顶上呢。收拾我家那个破棚子干啥子嘛，那还不如让他来成都盖房子。我妈身体也不好，盖房子的办法不让任何人损失，都是赢家，有啥子不可以？"

"我觉得丢人，一家人为你上房揭瓦。"

"丢的也不是你的人，你也没上房。一家人就我是县城人，我想不通。你也是，你早晚被他们赶出来，不要说跟你住了，就算是你的房子给我，我都不忍心要。实话跟你讲，盖不盖房子我都无所谓，我就是想在成都扎根落脚，但是李家又不可能大大方方把房子给我们，我只好去求我爸。这是他欠我的，也是李家欠我们的，但我爸他如果趁这机会好好想想，他到底欠我什么，我说真的，他盖不盖房子我都无所谓的。"

"那你跟他说去啊。"

"那可不行，告诉他了，他就不会去想了，不会去想我们是怎么到这一步的。你也得想想，你怎么到这一步了，天天都有人想把你赶出家门，你居然还住得下去？"

"我没什么不安稳的，我住在我爸妈家，有什么问题？"

"那我也一样，也是让我爸给我地方住，有什么问题？还有，你真是听了李建军的，认为你得在新房客厅打隔断？"

"不是这样吗，难道？"

"我刚说过了，你也得想想，你怎么到这一步了，天天都有人想把你赶出家门，你居然还住得下去？"

"我就是不想嫁人而已。你不一样，你这么小，以后怎么办？"

"所以我需要房子啊。你也需要。"

"别说我，我不跟你一路。我怎么都能住。"

"是不是哦？"李唯一两条长腿从椅子上放下来，动作连李晓西这个女人看了，都觉得几乎是妩媚，"我怎么觉得，我们恰好是一路呢？都是大伯大婶想甩掉的累赘。没错，你是住在爸妈家，爷爷奶奶万一哪天没了，你还这么想吗？"

李晓西忽然怔住了，她确实没考虑过那样的一天。这些年父母像床上的两盆植物一样，成为家中的摆设，她总觉得他们会永远这样，被成对地摆在床上，做她的靠山或者吉祥物。不过她很快反应过来，打起精神，说，"你不用威胁我。你像个小菩萨一样被你爸供着长大，怎么知道我们这个年龄人的想法？"

"怎么又成'你们'了？"李唯一拍了下手，恨铁不成钢似的，叹口气，说，"我刚听说，如果住在厨房或者厕所，风水上特别不好，我就是，现在这样，"他两手从肩划到膝盖，把自己当成一件展品，指引给她看，似乎意思是他的"这样"是不能说的，是要眼带激光的李晓西自行去扫描的，"就跟我从小一直住厨房有关系。你呢？你没住过厨房里的小床，那简直是一口活人的棺材，告诉我，那你怎么也……这样……"这回就该李晓西做展品，被他来扫描了。

李晓西一时气得说不出话，于是扭脸去看那道羸弱的百花溪，溪水中漂浮着几个白色塑料垃圾袋，破成一条条的，都顺着流水不知道会去往哪里。她知道李唯一还在继续威胁她，还不忘带上"他为什么要房子"的道理。

"所以，我太想找个正经地方睡觉了，做梦都想，"他说，"我就从来没住过正经房子，我还记得小时候，我们在筒子楼住，我跟他们睡一张床，晚上火车过，动静特别大。我让他们'别晃'，我以为是火车让房子晃，其实就是他们俩晚上在床上晃。现在我明白这事儿了，觉得特别恶心，一恶心，我就恨死他们了，都没让我好好睡过觉。这不是父母最起码该做的么？"

"这不能怪他们，他们能给你做的全做了。"

"那现在也可以给我个安稳的房子住嘛。"

"哪儿那么容易？"她说。她明白这再不是给自己使唤着能欢天喜地收衣服、跑腿儿的李唯一了，李晓西想。那个可爱的小家伙也是流水中的塑料袋，不知道漂去哪里了。眼前的男孩说什么也再不会付出了，男孩一成年，便立刻停止付出，开始掠夺，难道巧取豪夺才能作为他们成熟的标识吗？她越发厌恶这些四处征战的傲慢的雄性生物，哪怕眼前的李唯一从某种意义上说，在她眼里还只能算个没长成的雄性，她也必须表示对异性强烈的整体鄙夷。

她说，"你知道不管你要啥子，你父母都会给你，就是这样，你还理所当然利用这一点。"

"不是这样子的。姑妈，你听我说，你就懂了。我小时候，有一回学校演出，我个子最高，所以我演一棵树。这没啥子，演树最省事。但你知道他做了啥子吗？他恨不得让所有人知道我在演出，恨不得让火车站所有熟人都来看我怎么傻不愣登地站在台上半个小时，还要举着两根树枝枝。你没看他那表情，太过分了，好像我是个大明星。"

"他是为你骄傲。你不是大明星么？难道？"她还是忍不住挖苦他，反正她已经被他挖苦够了。

"他是为他自己。他就没问过我需不需要他这么搞，他只为自己高兴。所以我那个时候就明白了，我得告诉他我需要啥子。要不他就给你一堆让你头疼的东西，还觉得自己是个观音菩萨，还觉得你得感激他。"李唯一气势汹汹说完，仿佛自己很不容易才宽恕了一些事情，说，"他真得好好想想。"

李晓西觉得自己简直耐心耗尽，不能再听他说一个字了，她嚷起来，"别以为你有道理，他的方式有时候是有点问题，但你也混账，你从来不晓得感激。"她的声音惊得那几个年轻的茶客都抬了头，望着他们。

她一嚷，李唯一倒不着急了，他莞尔一笑，卖乖似的，轻言细语，说，"姑妈，以前你让我帮你收衣服的时候，好像不是这么说的。所以，这好像都是你教我的。还有，他们只有我一个，这又不是我的错，我还想跟你一样，有两个哥哥呢。"说完，他端起杯子，心满意足抿下一口竹叶青。是李家没人喝得起的竹叶青。喝过，他吐出一句，"能怪我吗？"

这小男人最讨厌的就是这一点，李晓西想，无论发生什么事，他们都转回身照常过自己的日子。

不管怎样，李唯一也胜之不武，这样想来，李晓西离开时就能走得大摇大摆了，不过她留意到那几个喝茶的小男人偷偷在瞅她，他们的神色紧张又困惑。

就让你们紧张去吧，小男人们，她顶着其中一人的目光，活生生顶得那个穿花毛衣的小男人重新埋下头，她气宇轩昂得仿佛又比画过一次水果刀，吓跑了几个流氓。

21

李晓西走到巷口，就远远看到那几个邻居，她下午刚刚骂过他们"看热闹不嫌事大"。但拥挤的星月巷不会放过任何尴尬，任何小仇小恨在星月巷都会被放大。她知道自己躲不掉，迟早得迎着这些人，硬着头皮与他们狭路相逢。她不退缩。她就没退缩过。

她正刻意走成胸怀宽广的样子的时候，一位邻居隔很远就冲她惊天动地地喊，"李晓西，你跑哪里去了？你哥到处找你，你爸妈都不行了。"

她想你一惊一乍做什么，又走几步，才看清是小胖的父亲。

是我骂了你们，凭什么咒我爸妈？李晓西一想便再也胸怀宽广不起来，也喊，"你爸妈才不行了，你乱说啥子？"说完想起对方的父母老早就不在人间了，又感觉于心有愧，于是火箭筒也住了嘴。

邻居走近了，李晓西看清他忧心忡忡的神情，倒显得像是真的不计前嫌了。"晓西，是真的，你快点回去看。先是你妈，今天下午你们屋头来了好多人，老人可能吓到了，突然清醒了，就是回光返照嘛，哪晓得你妈妈又听你大嫂说，你二哥要来拆房子了，就一口气没上来。你爸是回来后被你妈吓倒了，救护车刚送去医院，不晓得还有没有救。你快点儿回去看看。"

李晓西是嚷着大嫂的名字跑过星月巷的——鲁秀梅，鲁秀梅，她在心里一向对大嫂直呼其名，只是当着面不敢这么叫，怕的是得罪李建军。但李建军每次秀梅秀梅地叫的时候，李晓西却又偷偷瘪嘴。

这三个字有奇妙的节奏，为她敲着战斗鼓点似的。她顾不得那么多，就是要让一条街的人都听闻她在声嘶力竭地喊，鲁秀梅。她把尾音拖得很长，荡气回肠，听来仿佛一种小吃叫卖的新鲜方式。

李晓西边跑边叫，边舞动手臂，只是觉得手里空荡荡的，是少了一把水果刀当武器。那把水果刀到哪里去了？她想不起来了。但她什么时候开始丢开她的水果刀的？难怪她才活得这么艰难。

她还看见，那些停业的餐饮店遗留的树桩餐桌，在黄昏的暮色中，像一个个荒废的坟头。背上的冷汗忽地一下冒出来，她想，这就是一片坟场。他们会一个个，死在这里。

22

李杰没能给奶奶端遗像。

因为奶奶出殡的日子，李杰得参加高考前第一次摸底考试。他把自己当成读书机器运转了十二年，争分夺秒就快完工的关键时刻，他的母亲务必得替他说话了，说的也是情有可原的话——这部机器，不能只是用来在送葬的队伍里端东西。他还得接着做读书机器，不然就会前功尽弃。何况还有李建军，是长子，理所当然，该担端遗像等等责任。于是这位多年来都被鲁秀梅说成是"要给奶奶端遗像的长子长孙"，在终于可以伸出手来做这件准备了许多年的事之前，又被鲁秀梅抢了先，给拦了下来。

这件事也不难办。去世的老人很早的时候就为自己打点好一切，衣服鞋袜在五斗柜最顶层的抽屉里，摆得整齐，显得庄重。茶叶包成小包，夹在衣服里防霉增香，茶叶自然是"飘雪"。

棺材铺老板每年中秋节后都会被请来李家做客（他会吃掉几块鲁秀梅的手制过期月饼），为的是拜托老板再为那口预订了多年的老棺材，里外刷一层桐油漆。后来需要刷桐油漆的棺材增加到两口，因为李父逐渐地就开始记不清事情和人名，又不确定自己到底饿不饿，这两样都像在提醒李建军早点备好后事。

棺材铺开在离星月巷不远的蓝布巷。蓝布巷从前都是染房，满当当地住着一整条巷子的穷人。居民的先辈们多是染工，手指头蓝幽幽的仿佛蓝精灵。如今倒是没什么穷不穷的区别了，因为拆迁在即，一切推倒重来。蓝布巷也在规划拆迁的范围内，不需要多久，也许比星月巷还快，便会成为平地，再从平地起高楼。染工的后代们手指白净，他们将比星月巷的居民们更早入驻这座城市的高层空间。

棺材铺老板做这行生意也算是继承家族衣钵，拆迁之后，可以想见他将失去这世家的买卖，能出手的丧葬用品他都想大气地甩卖掉，哪怕免费送人也行，只要有人愿意要。他的打算是，拆迁的日子就是退休的日子，除非他能把棺材都改制成小小的骨灰盒。这座城市需要老棺材的人眼见得越来越少了。只是这一行又不能依靠促销来清库存，他又善良得不忍心盼着老人们抓紧时间找他预订棺材。所以李家老人仙逝之后，棺材铺老板觉得自己理应回报这位多年的顾客，从没有顾客做得像李家两位老人这么优秀，还这么持久。谢天谢地这一天终于来临，还十分及时，在拆迁之前。老板回报李家的方式，便是把两口油漆得乌黑发亮的棺材，都一起送来了星月巷，停放在李家门前。

这就让星月巷的人集体为李家打抱不平了，这棺材铺什么意思吗？

李家的后代们忙于布置灵堂，还有几位后代可能在医院脱不开身。棺材铺又免费赠送了一大堆丧葬用品，所有东西就堵住了李家两扇敞开的大门，人们无法穿透一堆堆浓黑的祭帐和雪白的纸花，窥视李家子孙们，到底对这多出来的一口棺材怎么处理？

可不是嘛，都要拆了，难不成往新家搬口棺材进去？新房都是电梯楼，这东西这么长，也进不了电梯啊。

该不会是李家老爷子也不行了吧？

听说在医院，抢救着呢。

那得花多少钱，抢救是不是按每分钟收钱的？戴上氧气罩，你的命每分钟都是钱换来的了。

真不知道，也没消息。李家那孩子呢？如果他在，我们还能花点小钱，让他去打听打听。

什么时候了还说这种话？李家那孩子能说自己家的事么？

哦，我倒忘了，这就是他家的事情。但又有什么不可以，他是个只认钱的臭小子。

听说都是因为李家那孩子，李家才要盖房子。

怎么会呢，好久都没见他来了？倒是志强精明得很，这节骨眼上回来说是要盖房子，还不是想要房子。

志强可凶着呢，要不老人家没准还能挨到住新房，还能坐着电梯上啊下啊，快得很呢，我都没坐过电梯。

凶什么凶？

他把老人家气死了啊。

…………

后来，灵堂布置完毕，证明人们完全多虑了，李家拆了屋中间硕大的老床，两口棺材便都安放下了。

星月巷的人都去过李家灵堂，吊唁的流程轻车熟路、像模像样做完后，便喝着"飘雪"，相互指认给对方看，谁是那个"气死母亲的不孝子"，看他是否真如传说的凶神恶煞。他们看见灵堂中长跪不起的背影后，都有些失望，这背影两肩耸起，脖子乌龟出壳似的前伸，偶尔转过脸来，露出一张悲苦又低贱的脸，像哭又像笑。

　　星月巷但凡有丧事就热闹非凡，络绎不绝的吊唁者，让人惊异于这小小的巷弄平日里将这些人都藏匿到哪里去了？人们一窝蜂挤在灵堂门口的签到处，小胖的父亲在人群中埋着头，吭哧吭哧往礼单簿上写字。他眼角一斜，便知来客，也不需问是谁，慢吞吞写下一列名字，来人等他写完再挪步子，他眼角再一斜，另起一列，接着再写。

　　小胖的父亲就这样在礼单簿上写下了三列"志强"，只是不同姓。这三位也叫志强的，跟李志强在幼儿园时，就相互攀比，如今他们显然是胜过李志强了，便表现得相当随和大度。他们故意凑到一块儿来，抢着拍过李志强的肩膀，拍过之后半天只讲了一句，节哀顺变。

　　志强也不言语，像决斗中的失败者那样垂了头，仿佛在为对手的慷慨与体贴而感恩戴德。只是这四个志强都不如没现身的另一位志强值得骄傲，听说那位志强正在上海，并即将远渡重洋，把四川调味料的生意做到海外华人中去。星月巷此刻的四个志强，都很羡慕那位远走高飞的。这四人中，如前所述是李志强的故事，而其他三人的故事也乏善可陈，一个志强下岗，日子跟李建军过得一模一样，一个志强是老光棍，在公交公司修汽车，另一个志强在市郊的粮站看大门。他们说起那位上海的志强，都很感慨，因为要不是上海的志强对比着，这几个志强还不至于显得活得这样糟糕——都叫一个名字，怎么不是同样的命呢？

23

拆掉老人的旧床那天，李晓西感觉很不好，事实上从那天开始她的"感觉"再没好过。其实也只有她发现，那天房顶上的青瓦无端就掉下来几片，端端正正砸在她的门前，大概青瓦是被拆床的动静给震得松动了。其时她独自在房内，为两个不争气的哥哥竟没拒绝多出来的那口棺材生气——那又不是什么好东西，他们还当捡了便宜吗？就听得门外，有东西坠落的响动，她还想，怕是那架老床，终究被丧家子们给毁掉了。

门拉开一看，才见青蓝色的碎瓦，在地上星星点点的，她心里一惊，仿佛突然就提前看到这地方断壁残垣的气象了。

她砰地甩上门，想起父亲仍在医院，就决定去医院。

人是被抢救回来了，性命无忧，但吓人的是医生摘下口罩后对她说的那句"怕的是二次中风，那就没救了，一点办法都没有了"，难道摘下口罩医生才敢说实话么？可自己的两个哥哥呢，竟然连忙把父亲的床都拆掉了！他们还大方地给在世的老人摆上一口棺材，不吝向棺材铺老板说了一堆感激的话。

"等事完了，床还能组装回来。"这是志强的理由。母亲去世后，志强说话时，时常不自觉把两掌死劲撑开，两只大爪就在自己大腿上来回摩挲，似乎他根本控制不住自己两只巴掌，它们蠢蠢欲动，非得要做点什么似的。她就猜想他没能亲自给母亲打一口棺材，一定让他很是受挫吧。她知道他总是要做点什么的，尤其遇上大事的时候。

李建军则有另一套说法，"人家都送来了，都是老关系，退也退不回去，以后总用得着的，干啥子以后再麻烦人家送一趟呢？"

"那你干脆多准备几个，我们一人一个好了。"李晓西愤愤地说。李建军也不理她，他自觉是唯一身负重任的长子，需要应酬和忙碌的事，都在时刻提醒他，不要在一个地方过久驻足。他转身就去扶正母亲的遗像，内心里已经知道另一口棺材很快就会派上用场。他看见的遗像上几乎算不上是一个老人了，母亲多年前给自己选棺材的同时也订好了遗像，而那时她也确实不老。

李晓西去医院的路上，想起多出来的棺材、掉下来的瓦……这都让她几天来始终处于一团不安的黑云笼罩下，她时常觉得喘不过气来，预感某些危险或悲惨的事，正像远处的黑云步步逼近。还有李唯一对她讲的那些话，其中一些竟然转头就都应验了，怎么能都被李唯一这小子说中？她希望不要每件事都被李唯一说中，但又避免不了这样的担忧。不是吗？你看，这摇摇欲坠的老房子都等不及人来拆它了，正在打算自行了断。天知道还有什么糟糕的事在等着她呢。

她还会永远记得那天发生的事。她叫嚷着鲁秀梅的名字，跑过整条巷弄，直到冲进家门。她根本顾不上地上乱糟糟的，一路踩过去，还接着叫"鲁秀梅，你出来"。

鲁秀梅也不知在做什么。李晓西眼里只有鲁秀梅一副鼓出来的额头，像个要爆开的石榴红通通的，在她眼前晃来晃去。于是李晓西每叫一声鲁秀梅，手指就用力戳一下鲁秀梅的额头，"鲁秀梅，你如愿了么？为啥子答应志强盖房子，原来你埋伏在这里？把我妈气死，你就好住大房子了是不是？"

"不是我气死的啊，你搞搞清楚。"鲁秀梅被戳得脖子一仰一仰的，艰难地做出回应。

"还说不是？你还想把我也气死，把我们都气死吗？"

"真……的不……是啊。"鲁秀梅被戳得结巴起来。

那时候李建军已经跟着救护车送李父去了医院，因此不晓得从哪里闪出来捏住她的胳臂、把她拦住不让她继续戳鲁秀梅额头的人，是志强。她那时什么也没工夫想。她只管一窜一窜地，轮流从志强的左右肩膀冒出头来，窜一下就嚷一下，"现在都是你的了……鲁秀梅，你莫忘了……你来的时候……一件衣服都没的……你过河拆桥……要天打雷劈。"

鲁秀梅摸摸额头，摸到几枚被戳得陷下去的指印，用力真狠呢，白费她这些年都忍着她，怎么越忍让就越被欺负呢。她伺候两个老人这么久，结果这家人全不把她放在眼里，以为她是个用空气捏出来的人吗？

　　鲁秀梅心里一酸，也嚷起来，"我又不姓李，我能不同意么。我要是不同意，你们背后还不知道怎么戳我。现在好了，背后不戳，当头来戳……"她一生的委屈似乎都不及额头那几枚指印带来的屈辱更多。前些天，她听说李志强回家来要盖阁楼，她是一万个不赞同的。但李建军怎么跟她说的？他说就让他弄、就让他弄。她回说，疯了吧你？他一个耳光突然就打在他自己脸上，五官一下就变了形。她哪里明白他在愤怒什么呢。她目瞪口呆地听他龇牙咧嘴说，"我想尽了办法，你懂个屁，我的办法里必须有志强，你懂个屁，你去跟志强说就让他弄，其他啥你别管，懂了么，唉，你懂个屁……"她这才勉为其难，跟志强点了头，毕竟人家才是亲兄弟，她懂什么呢。说到底，整件事里，她只是点了个头而已，她认为这点头也是她替丈夫点的，至于被李晓西戳七八下额头么？

　　鲁秀梅想着这些，转脸偏偏撞上了镜子，只看见额上堆积的肉里，那两处指头摁下去的凹陷，就像盖上了两枚大红章。大红章下面却鼓出两只浑圆的眼泡，两相对比，整张脸在屋里阴暗的光线里，便起起伏伏、凹凸不平了。

　　"脸都不平了！"鲁秀梅突然惊叫。

　　"不平算什么，我还没拿刀戳你，要你一命偿一命呢。"李晓西的脑袋从志强的左肩头窜了一下。她的气焰正在顶峰状态，因此觉得，即便没有水果刀在手的局面，其实她也能应付了。

"要杀人了，李家要杀人了。"鲁秀梅捂着脸，推开桌上的镜子，嘤嘤哭起来。老人过世她也难过，但她有什么办法，谁都知道老人的状况，熬不过多久了，怎么能让她给一个寿终正寝的老人偿命呢？她相信老人是寿终正寝的。

"她还哭？"李晓西看向志强，觉得莫名其妙，"怎么她还哭？"她想要不就是鳄鱼的眼泪，要不就是又伪装得楚楚可怜了。

李晓西这就看见，志强脸上"二"字形的皱纹，被涂上糨糊般纹丝不动。他又是被吓傻了吗？无论如何，这种时候他也不应该是这样，麻木也好从容也好，在她看来，对解决任何问题来说，都是无济于事的。这家人都怎么了？难道只有她心急如焚吗？

"不关大嫂的事啊，你别冲动。"志强终于说了话，说着他两肩一耸，脖子前伸，"你这样，有什么用呢？"

"那你告诉我，是怎么回事？"

"都怪我。妈也确实……是时候了。"

"当然也怪你，不然还有谁。"

李晓西想，也许志强只是想息事宁人，用"事已至此"那套话来哄着她。就像小时候她跟小伙伴打架，她总是能占上风的，不过有一次那打输了的胆子大，还报复她来了，上课时趁她不注意，剪掉她一截辫子。她也不管两条辫子一长一短的，就回家抓了把水果刀，要去切了那小子。志强就也这么说，"剪都剪了，事已至此，有什么用呢？"她奇怪他从哪里学来这文绉绉的话，但转念一想倒也不是没有道理。最后她无可奈何地让志强领去了理发店，理出了一个童花头。剪一截辫子算什么，她李晓西是不需要辫子的。从那以后她再没留过长头发——对她来说，辫子就是女人最容易被抓住的把柄。

现在，她偏不听这句"事已至此"了，她就不该跟鲁秀梅一团和气。只是，她吵了一阵，而鲁秀梅只管哭，让李晓西也觉得灰心丧气，她在母亲的床边坐下来，一坐才感觉精疲力尽。

母亲的遗体仍在床上，和平日一样，躺成那种永恒平静的姿势。如果不是满地的瓜子皮、地上几只塑料杯、散落在地的衣服被褥，没有人会觉察出这一天的异样，更没人会察觉床上的人已经终止呼吸。只是老人脸上身上的肉全往下坠去，把嘴角都扯开，显得特别陌生。李晓西迟疑着去碰老人的手，母亲的手掌甚至还温热着。她就这样把那手握了一会儿，逐渐回过神来。

过了一阵子，李晓西和鲁秀梅不得不各自梳顺自己乱糟糟的头发，再齐心协力，给老人换上有"飘雪"的茉莉花香味的那套老人服。两人谁也不说话，志强也不说话，看她们忙着。他恍惚还置身于刚才那场忙乱中，不敢相信发生了什么。

他和李建军从建材市场回家的时候，见屋里好多人，地上到处都是瓜子皮，热闹得像过年。母亲醒来的时候怕也是这样想的，她目光矍铄，似乎从未身染这场旷日持久又无药可治的疾病。她还笑着问志强，"咋这么多人喽？"

"我们都是来看你的哇。"有位邻居抢先说。

母亲眼睛就闭上了，像是开始思考一件很重要的事。众人盯着她看了一会儿，她仍没动静，就推测她是又昏睡了，他们其实还是更习惯她这样回到自己的睡眠里去，而不是睁着眼睛说话。何况这些人总算等来志强回家，都急于拉住志强问，"你要盖阁楼哇？屋顶的瓦怎么办？"

志强好几天都在回答这个问题，他都说，"不动瓦，不费事。"不过他已经去过了建材市场，才知道这小工程费起事来的程度，远远超过他的预期，他现在一点办法也没有，被问急了，干脆说，"瓦？掀开就是了。"他想这不就是你们想听的吗。

众人一阵惊呼，又问，再然后呢？

"掀开，拆了，房子拆了，重来，反正都要拆的是不是？"他很没好气地说着，跟自己赌气。

这时昏睡的母亲又醒来，哇哇叫着什么，但没人能听懂她的表达。被褥被她踢到地上，人们面面相觑，觉得老人是不是疯癫了，那么这时候也不合适再缠着志强问问题了，当然也不合适再待下去，就三三两两地悄悄离开。

志强和李建军随他们去，因为两兄弟忙于弄懂老人这诡异的哇哇叫声的含义，终于从那些"哇哇"中听清几个字，"拆房子"，恍然大悟母亲刚才肯定听见了什么。

鲁秀梅也只听清这三个字，她自以为有必要向老人解释清楚，就抢着说，"不是拆房子，房子要拆迁的人来拆，还早着呢，现在是要盖阁楼，不用拆房子。"

母亲肯定是听懂了的，因为她再没哇哇叫，而是躺着呜呜地呻吟起来，两只眼睛都闭紧了。志强这才确定，夜晚的呻吟声来自母亲而不是父亲。呻吟声渐渐低沉下去，不久就几乎听不见了。志强以为母亲又睡着了，刚准备把地上的瓜子皮扫走，就听李建军忽然大喊，"妈，你醒醒。"

才知道母亲这就是彻底地去了。

几个人吓傻了似的，都默不作声了几分钟，志强想说什么又说不出来。还是李建军突然大喊，"我爸去哪儿了？还有李晓西，都死去哪里了？"

"死去哪里"的说法让志强心惊肉跳了一阵子，仿佛这才是死亡被正式宣告了。

所以，志强想，真的跟鲁秀梅没关系。

给母亲穿好衣服，李建军就从医院回来了，随后两口棺材就很张扬地出现在门口，一切都刚好得像是被精心排演过。

·下部·

24

　　星月小区一共有五栋三十五层的楼，均匀排列成五边形。五栋楼的外立面分别刷成五种颜色，红黄蓝绿紫。让不知情的过路人忍不住猜想，这该是一所巨型幼儿园，还是别具风格的特殊疗养院？

　　有时候，人们要绕着五边形走一整圈，才能发现那座很不显眼的大门。门楣上有四种颜色的塑钢制成的"星月小区"四字，据说这就是电脑设计的时新的"彩虹色"。如果路人多一点好奇心，会从小区居民口中得到这样的回答，五种颜色分别代表这地段从前的五条巷弄。至于星月小区的命名，当然是因为这五条巷弄里，星月巷是历史最悠久、文化最深厚的，要再说起来，这都拜陈氏家族对星月巷的百年经营。

　　——去哪里可以了解呢，这条"历史最悠久、文化最深厚"的巷弄？

　　——不，不，你脚下就是，这绿色的楼与紫色的楼之间，看见没有？绿化带中这排万年青，就是陈氏祠堂的位置啦，怎么样？有没有看出神仙显灵的气象？

　　——没有，只看见三个大垃圾桶，蓝色的。

　　李唯一独自居住在那栋绿色的楼里，有几年了。

137

绿楼的居民都是星月巷回迁来的老住户，不过老人们不常下楼，更年轻的一代人对"李家那孩子"曾经的事迹也不是很了解，他也就从没觉得与旧日邻里共处一楼有什么问题。

　　和县城火车站分配住房的原则类似，尽管时间已经迈入了新世纪，人类在住房的分配方式上，仍然须对应资历，只是如今这"资历"与工龄关系不大了，而取决于人民币。作为回迁户，既然总共也没付出过几张钞票，那就不值得重视，于是这整栋绿楼的室内布局，都诡异地似在炫耀人类处理空间布局时的奇特创造力，比如，所有窗户都朝北开，开发商宣称，北面的光线更稳定。但稍有空间想象力的人就会看出来，绿楼的窗户如果朝南开，绿楼跟紫楼的住户，就可以隔窗握手了。

　　如果是夏季，北向的窗户也能让李唯一享受到整个暑天的难得的阴凉。只是眼下，是2002年冬天，太阳接连几个月也没力气把热量送进成都盆地，城市上空像飘浮着一块永恒的钢铁色的乌云。乌云下所有的窗户，无论朝向，都能保证室内光线始终稳定——稳定地阴暗。

　　从绿楼六层的铝合金窗望出去，李唯一能看见成都火车北站。"火"字和"北"字的金属体上方，高耸着两根避雷针，纤弱又笔直，却不知怎么又显得固执而滑稽，像谁非要拿绣花针去穿刺那些发黑的云朵。只是他听不见火车的声响，这与他在火车站长大成人的记忆，就不太吻合了。火车这东西，忽悠忽悠地，进站又出站，每次只停几分钟，很容易让人以为一旦赶不上，就再也赶不上了——临近火车站住着，每天看看那些急于出发或抵达的旅人，他的这种印象便更深刻了。

因为怕赶不上，这些年他才死命把自己往前赶，于是别人念初中的时候，他辍学离家，别人念高中的时候，他已经有了些事业（不够堂皇，但能养活自己，还能造福一部分人），到别人念大学的时候呢，他干脆主动终止了自己的事业，做出要退休的架势了。

可是他刚满二十岁，时间仍在他身后慢悠悠地，像一只庞大的古生物，拖拖拉拉地走着。要应付这只史前生物费了他不少心思。幸好他是从小就只能跟自己玩耍的独生子女，现在他已经发明出至少一百种办法在只有他自己的这套房子里，与无尽的时间决斗。房子面积有八十平方米，但因为没什么家具和日用品，空阔得让他经常怀疑这里是否有八百平方米？那么他这些年一直在求索的，原来是八百平方米的一座战场？

这一百种办法中，最简单也最有趣的，是待在朝北的小阳台眺望成都火车北站，他不知道这是否源自在县城火车站长大才形成的积习。或许只是因为，那两根避雷针正中央那口没有秒针的大钟，可以随时提醒他，又成功消灭了多少时间。

每到整点，钟声敲响，声音浑沌，有气无力，站前广场上的人不约而同抬起懒洋洋的头，又立刻垂下脸去。

李唯一在小阳台上放了张躺椅，小阳台的长宽比例像是专为躺椅预备的——躺椅的两端，都刚巧顶住阳台两端的墙面。躺椅上的李唯一，便会忆起小时候睡在三面贴墙的小床的情景，恍惚又回到那张小床上。他一度以为自己是害怕睡在那种棺材似的地方的，但现在他怀疑了，他觉得自己没准只能成天躺在某个紧凑的角落里。一种逼仄的、受着压迫的感觉，让他体验到真正的安全。他很久都不觉得安全了，尽管他琢磨不出自己究竟在怕些什么。他时常在躺椅躺上半天，一动也不动，就像他的爷爷奶奶，多少年如一日地，躺在随时会散架的床上，不急不躁，心平气和地就完成了恭临死亡降临的漫长仪式。

两位老人的仪式，差不多同时完成，功德圆满。他们去世的日子相隔七天。据说亡魂最多被允许在人间徘徊七天，时限一过，便被押上奈何桥，走到来生里去了。爷爷是算准了日子随奶奶去的么？也许吧，毕竟爷爷去世之前已经状况稳定，他的死亡毫无征兆。他死于呼吸衰竭，人们通常会把这种死法称为"老死"。

就连李唯一最怀念的那张床，也是非常狭窄的，天啊，他多么想念小安大学宿舍的那张床铺——一米宽两米长，上下铺，从天到地挂上密实的布帘，拢成一个个四方形的小盒子。小安的下铺没有人住，李唯一就在那里住了大半年。

那时他躺在"小盒子"里，从不觉得憋闷。毕竟只要一想到床板上方就是他在这个世界上最好的朋友，小安，他就觉得无比安心。

从小安宿舍搬出来那天，是个一直以来只要回想就会让他倍觉哀伤的日子。事实上他需要拿走的所有东西只是一个书包，和离家时相比，书包里多出来的几件衣服均来自小安的赠与。李唯一本觉得，自己并不需要带走所有东西。他相信等风头过去，他还能回到这里来。他那时天真地认定，小安会把这种大学给永远念下去，仿佛小安是不会被时间带走的永远的大学生，而他们这种朝夕相处的日子，也永远不会有尽头的那一天。

那一年，小安上课的时间，他多半在宿舍睡觉，睡醒了便在校园内外闲逛，依赖在星月巷练出来的本事，挣来几天饭钱。和星月巷那些人比起来，校园里这些独生子女们都单纯极了，他们都认为世界中心只有一个，就是他们自己，于是质疑就不必要了。而从不质疑的人普遍都会拥有长久的快乐。

替人占座排队是小意思，搞来课表和笔记也难不倒他，他三言两语就能让男生们告诉自己想要把情书送到哪间宿舍，但他最擅长的，还是在黄昏蹲在宿舍楼前的泡桐树下打望，日暮的光线会让那些埋头疾行的人，显得更柔弱更羞赧。可能源自天生的一种直觉的力量，李唯一总是在心里说着，这是个孤独的影子，这个影子需要找到它的"小安"，然后他们才会成为完整的一体。于是他会由衷希望每个孤独的影子都找到自己的"小安"。

他开始行动，主动跟那些大学生说话，他们惊讶几秒钟，随即就变得温和。他们用不了多久就会开始向李唯一倾诉渴望与恐惧，而在他们沉湎于不值一提的童年往事时，不经意间，李唯一已悄然离去。不用担心，他们会在几天后再度"偶遇"李唯一，适当时候的一顿美餐将确保他们再次与这位友善又神秘的年轻人相谈甚欢。他们无一例外都会得知，李唯一"天资聪颖，但家境贫困，近期周转不灵"，相比他们自己的童年往事，"贫困"是如此容易解决的问题，不值一提。那些爱好喝几杯的，会与李唯一称兄道弟。无论是否小酌过，他们都迫不及待地推心置腹，而这往往意味着"必要时"他们会慷慨解囊，这"必要"的情况不需要多久，就会发生。

李唯一的名气不知怎么越来越大，他有了个外号叫作"唯一师傅"，因为"唯一知道适合你的唯一"，这无疑是句十分蹩脚的广告词，编造这句广告词的广东男生发不出恰当的卷舌音，于是这话说起来就更显得蹩脚。

无论如何，时日越久，就有越来越多的大学生在传播他的友善和无所不能，他们由衷感激他的"情谊"，更不用说"必要时"以人民币聊表谢意了。这年头的大学生像是从来不会体验因为缺少钞票才有的那种困扰。他们普遍挥金如土又无忧无虑，除了动不动就伤心欲绝的心灵，还没有什么了不得的事真值得他们去计较。

校园的社交圈里，李唯一是那个游刃有余的神秘人物。每座校园都有几个这样的神秘人物。每逢被问起哪个系哪个级，他昂首挺胸，略带傲慢地盯着对方看一阵，半天才说一句，年轻人啊。他天机不可泄露的神情，换来的是对方的肃然起敬，往后遇见李唯一，也再不会冒昧提出这类问题。

偶尔，他也和小安一起在食堂吃饭。夜深人静，他们在上下铺里一上一下地说话，其实说不到一起去，不过是小安说的时候他听着，之后他再说、小安听着。小安对他忙活的事情略知一二，但事情发展的速度远超出小安的想象。

　　他们最惺惺相惜的共同话题，其实仍是各自的父亲。除了治疗青春痘的理论，小安对"父亲"这一身份讲出来的道理，也奇特得让李唯一耳目一新，比如他闻所未闻的一个词是"父权"。这说法似乎让他们情不自禁从内心油然而生出某种因备受迫害才产生的自怜的情绪。他们相互抚慰与父亲对抗留下的创痕，舔舐伤口的过程加深了他们倾注在对方身上的情谊。对小安而言，这创痕有时就堂而皇之显露在身体上，在小安被父亲揍过之后，胳臂与背部的瘀青，往往需连续十五天使用云南白药才会痊愈。而这些云南白药，都是李唯一悉心涂抹上去的。

　　宿舍其他同学时常不在，不知缘故。小安解释过，说他们都是成都人，动不动就回家去住了。李唯一就说自己也是成都人，他想起小时候餐桌玻璃板下那些黑白照片，遗憾现在不能立刻作为证明拿出来给小安看。

　　小安不答，小安继续说着那几位舍友的优渥家境或生活陋习。李唯一暗自后悔，因为他竟然已经跟小安说过县城火车站所有值得一说的事情。众多鸡毛蒜皮的往事，穿越至今，演化为确凿无疑的证明——证明他与整座城市毫无关联。但他也清楚，除非他在成都有住房，否则小安就没道理相信他们是一样的成都人。成都人只相信房子。李建军就是例子。

李唯一离开小安的宿舍那天，小安迟疑到最后一刻，还是让他把所有东西都拿走。

李唯一同意了，但没等他收完几件衣服，小安又说，"我已经大三了，要准备考研，可能……可能去北京，成都没有我这个专业的研究生……"

李唯一知道小安要下决心考研去北京有多么不容易。事实上他认识小安的时候就知道了，当时他还没听过"父权"这回事，更不知道小安是否考研这个决定，日后将改变多少事情。

李唯一初遇小安是在电梯里。小安斜背着一把吉他，长发盖住了衣领两侧，但前额的头发又都分到同一边去了，像是专门为露出额头流血的地方，发型与他当时的精神状态一样，又潦草又萎靡。有几滴血滴在了电梯的地毯上，梅花点点似的氤氲开了。

李唯一走进电梯，小安拧了下脖子。

李唯一诧异地俯视着这个人流血的额角，小安的额头正好在他胸口的高度。

李唯一问，你需要啥子么？他认为人们应该更多这样问问别人，需要什么，而不仅是自以为是地替别人做出想当然的决定，无论对方是你的儿子，还是电梯里偶然碰见的某个受伤的陌生人。

小安继续梗着脖子，仿佛用这徒劳的可笑动作来拒绝李唯一的俯视。小安不耐烦地说了一句，没事。

李唯一继续看了一会儿他出血的额头，说，"还好，不是一个被打破的痘痘，因为痘痘破一个，就会长出十个，十个长出一百个。"

小安一脸憔悴，他苦笑起来，边笑边说，"我要杀了他。"

"杀哪个？"

"我爸。"

"我也这么想过，当时是因为，他一直看到我吃饭。"

"这就是他干的。你看嘛，他用个盘子，他用盘子砸我。"小安这才终于想起来那处可怕的伤口还没凝血一般，他按住了自己流血的前额，也让电梯地毯幸免于被染上更多血迹。

"因为你不吃饭？"李唯一问，他想如果他回答说是，那他们就同病相怜，可以做朋友了。他对朋友的要求从不苛刻，他只是从没遇上过什么像样的朋友；假设万一对方也是离家出走，那就是完美。他见这流血的人第一眼，就想跟他做朋友。

小安这才去看李唯一，不可思议于他古怪的逻辑，以及无数青春痘怎么能安置在这样一张小脸上。

小安琢磨，要是没有那些痘痘，这张脸也许还算白净，也有几分稚嫩的姣好。

小安捂着额头，无可奈何地回他道，"因为我不读书，不考研。"

"我也被我爸把脸打出过血来，但不是因为读书，我也不读书。"李唯一笑着，这就让脸上的青春痘变得更拥挤了。

"你的痘痘得治治了。"小安突然换了话题，说道。

李唯一很惊讶，因为他其实一直在治痘痘。

"我告诉你一个办法。"小安放低了声音。

电梯门这时打开，喜藤洋华堂商场一层天花板上，数不清的日光灯管，在门外如同璀璨的星河，向他们徐徐涌来。

李唯一来了兴趣，以为可以和对方聊聊护肤品心得，于是他说，"你等下告诉我什么办法。我先去找我姑妈的前同事。"

小安大概没弄懂"姑妈的前同事"这复杂的称呼，也不想去深究，就说，"我去那边买千层雪的地方等你，反正我也没地方去。"

听到千层雪，李唯一决定，"我跟你一起去买千层雪"。这就是他与小安因为千层雪结识的过程。他们聊了一天一夜，当天晚上，李唯一就住在小安的宿舍了。第二天他们又聊了一天一夜，于是李唯一又住了下来。第三天他们就不聊了，因为两人已经做出决定，李唯一应该一直在这里住下去。

所以在李唯一的意识里，小安是必须读书考研的，要不然他的额头就会被打出血来。李唯一可不想看见小安额头出血的样子，因此他听闻小安准备考研的话后，情不自禁连说了几个"好棒"。

李唯一说完又觉得什么地方不对劲，因为他发现小安随即就把脸扭过去了，让李唯一只能看见一个冒出胡须的侧脸，尖尖的下巴像刀子，插进衣领里。

这就是好朋友诀别时刻的姿势了么？对李唯一而言，以他与县城火车站那些朋友告别时的姿势来说，这当然是的。

　　"你要走？"李唯一问，说完他就知道这句话有多傻了。

　　"我们都要走。"小安指的是宿舍那几个不常露面的同学。李唯一听来以为是说的自己和小安。

　　"我要走是因为保卫处不让我住了，但你走哪里去？北京？"

　　"如果我运气好，考得上的话。"

　　"你肯定考得上。你还回来么？"

　　"会的吧。"虽然小安这样说，不过李唯一觉得小安自己其实也不确定。

　　"为什么要走呢？成都不好吗？"

　　"成都当然好……跟这个没关系。人总是要有个地方去的。"小安说。

　　"那我怎么办？"

　　"你当然……"小安思索片刻，说，"先找地方住下来。"

　　李唯一再也没有走进过那间宿舍。他当天就坐上了回县城的火车，他那本铁路子弟学校的学生证，竟然还能蒙混过关，他再次免票乘坐了这一程火车。

　　在火车上，他才惊讶地发现，原来一整年眨眼便过去了。那么小安去北京的日子也会眨眼便到来。从小就朝夕相见的火车，轰隆隆的，窗外河流、山川，一闪而过，他想他看见的东西都是真的过去了么？它们还能回来么？

　　一定要回来。他当即下了决心，从现在开始，得争分夺秒了，争分夺秒地为在成都安顿下来，等候小安从北京读完书的那一天（相信那一天也会眨眼便到来）。

不管事情在什么时候逐渐超出他的设想，之后想来，尽管是以让他意外的方式，仿佛冥冥中有只大手，把这些人腾挪辗转地耍弄得像棋子似的，但他的愿望终究，也是实现了。

如今，他只需要做一件事，等小安。等待的人才需要成为时间的敌人，与虚幻的对手为敌。天长日久，他对这位无形的对手便逐渐有了认知，疑心时间难道终将战胜他，让他的等待无休无止——这可怕的预感几乎每天都会冒出来，又每天被内心某种顽固的力量给扼杀，毕竟他对时间已然了如指掌：小安去北京读研究生已经快三年，到夏天，他就该回来了。

25

这三年，李唯一倒是没少去理工大学的宿舍楼。他蹲在宿舍楼对面，那棵长歪了的泡桐树下，抽着烟，但从不把烟雾真的吸进去。他还让自己已经跟小安一样长的头发挡住脸，这样做都是因为他不想被任何人（尤其是保卫处的人）认出来。

李唯一望见过无数个背着吉他的人，从这栋庞大的贴满瓷砖的宿舍楼进进出出，哪怕他们都跟小安一样，习惯佝偻着脊背，神色在黄昏时分便略有迷离妩媚的意思，但在他眼里，他们也远不如小安的一根小手指。与小安的友谊在他心中有永恒的至高无上的位置，友谊这东西就是这么没道理。但他并没有琢磨出来自己这样去蹲半天有什么意义，想来鱼贯而出的学子们，早不是当年的旧人。

他能想到的最可能的原因，还是他没什么地方可去。

其实他在这座城市有亲戚，他应该不至于孤单。不过亲戚不就是用来躲开的吗？更何况自己还有这么一个奇怪的大家庭。

他的大伯大婶，李建军与鲁秀梅，住在绿楼的三十五层，不过那件事后，李唯一觉得他们再也不愿看见自己了。而他与他们，这些年竟也楼上楼下从未谋面，他觉得这就证明大伯大婶也有自知之明——知道他们是没脸出门了。

至于李晓西，他不知道她现在哪里，同样，在那件事后，大伯大婶就更不会想知道她在哪里了。

他还有个堂哥，李杰，按道理，现在也应该住在这栋绿楼里。但他连李杰在几楼都不知道，也不知道该向谁去打听。他已经很长时间对打探消息这件事没有任何兴致了。

有一次，他认为他们在电梯里遇见过。不过当时电梯里还有六七个人。他看见了李杰，是背影，但只需要一个微微转回头的侧脸，就足够确认是他了。李杰没有看见他，而他在李杰之前就走出了电梯。

如今他对李杰的印象倒是大为改观，如果不是电梯里那些人在场，他也许愿意主动轻拍堂哥的肩膀，再在李杰回头的时候，给他一个乖巧的、来自堂弟的标准笑容。但李杰大概是不会笑了，虽然这堂哥从小就仅有一种呆滞的傻笑表情，但在监狱里待了两年出来的人，很难想象，他们还怎么能笑出来？

那他也许就该告诉李杰，兄弟，我真该对你刮目相看，你品学兼优那些年，我很看不起你，但你从监狱活着出来了，我很钦佩你。何况你又没做什么十恶不赦的坏事，不过是在星月巷拆迁过半的巷口的废墟里，趁夜色撩人，抱了抱张家那位胖姑娘。我觉得也算不上强奸，就像判下的罪名，只叫作猥亵，尽管听说本质上也是同一个意思。

不，不能这么说。李唯一又想——反正他的时间多到足够让这些念头在头脑中尽情蓬勃苗壮——他记得电梯里李杰那张浮肿的侧脸，他知道困于一室与时间作战的人，才会浮肿虚胖，因为他自己就是，如今他比刚到成都那年重了十二斤。那么，李杰是否也跟自己一样，被什么东西困住了，再也走不出来？

他打定主意，那就不跟李杰提猥亵的事了。

李杰的"猥亵"不管有没有发生，但当时就暴露了。那一年，李家相隔七天的两场丧事（在星月巷史无前例，事后人们再说起那棺材铺送来两口棺材的时候，都不再忿忿不平，而是心有余悸——幸好没真的得罪棺材铺老板，要他给你送口棺材到家门口，而他的棺材从不至于被浪费掉）已经办完许久。星月巷被拆掉一半，还留下一半。大部分居民都搬走了，水电供应已被切断。仅剩下的几户人家，夜晚降临后就只好点蜡烛，几团烛光惨淡，隔着很远的距离遥相呼应，烛烟像虚弱的烽火，传达莫测的含义。

李家就是点蜡烛的人家。李家总共的三间房，差不多同时就空出来两间，因为李晓西在闹出那件事后，也离了家。除了自己的衣物，她还带走一把水果刀，就是她接连刺伤两个哥哥的那把刀，也是她每天用来削苹果的那把刀。

李建军和李志强竟然立刻都原谅了她，他们异口同声说着"没事没事"的时候，李唯一头一遭认定——这两人果然是亲兄弟，他们大相径庭的外貌下流着大同小异的血脉。而且他们表现得仿佛一直在等待挨亲妹妹这一刀似的。李建军伤在胳臂，李志强伤在大腿。伤口都不深，他们互相给对方贴创可贴，带着肃穆的神情。李唯一觉得那场面有种可笑的温情。但他没说，也没有人说一句话。李晓西用袖子抹掉水果刀上的血迹的动作，是她留给李唯一最后的印象。

"他们都不是人。"她沉着地擦拭着刀锋，对李唯一说。

李唯一耸耸肩。他暂时不想参与到他们亲兄妹的混乱中去。他出现的时候，事情已经发生了，李建军和志强正在撕创可贴的包装纸。

她又说，"杀人犯！我不能跟他们一样。我不做杀人犯。"

"那你拿刀做什么？"李唯一认为无论发生了什么，她动刀子的行为都应当被谴责。

"你还问我？你就是一把刀，你知道么？"她气呼呼地，声音像随时都会崩断的一条钢丝，又紧又刺耳。"别让我再

151

看见你们。"她说，"现在好了，我走了，你们就都有地方住了。"

李唯一不觉得自己是一把刀。不过这样的时候，他不至于跟姑妈为一个浅显的比喻是否恰当而论争。所以他也没问她这话到底什么意思。他打算先任由她发泄一番，就像志强和李建军所做的那样，任由她刺伤。他理解她，她到底是受刺激了，爷爷奶奶的去世让她焦躁不安，她原本就不是一个温顺平和的姑娘，这时候，让她多发泄一阵，也许就好了。李唯一比家中其他人更容易释然。

李晓西走后，没有人知道她这就是一去不返了。而李建军一家人也没有搬离星月巷，说是考虑到李杰马上就要高考，"住星月巷的话，孩子上学更近，我们高考后再搬"，这是鲁秀梅在家门外面的说法。关上家门，鲁秀梅就开始一遍遍向李建军讨说法了，"为什么我们还不搬?"她恨死了这需要点蜡烛、需要去巷子外的公共卫生间拎水回来用的日子。

李建军对她支吾了一段时间，后来总算说出两个字，"不敢"。

她不知道他有什么不敢的，这下，她倒是不敢了，不敢再问他了，因为她觉得他又要打自己耳光了。

但李建军确实不敢，他害怕。他又绝不能让鲁秀梅知道他怕什么，那些老人向他索命的噩梦，每天似乎都在蜡烛熄灭的同时，飞快填满这间黑漆漆的老房，也填满他的身体、他的大脑——如果我真的有脑子的话，他这样想，对自己忿恨极了。

所以李家的蜡烛总是彻夜不灭。鲁秀梅在这样的时候还每天向他讨说法，每天向他抱怨废墟中的日子，简直是强人所难了。

而鲁秀梅发愁的是，李杰高考的日期转眼就到，到时"高考后再搬"的理由，她就说不过去了。她需要李建军给她一个新的理由，不能让自己像个满嘴谎言的骗子。她从没骗过人，因为骗过一次就意味着得无休无止地把谎话继续编下去，她可没有那么多灵巧的心思用来编造足够多的谎话。而李建军对她的忧心忡忡不闻不问，让她孤立无援。

李建军每晚回家只做一件事，就是不断点燃新的蜡烛。他已经懂得只有光明能驱散人类的恐惧，无论这恐惧从何而来。他也只有让恐惧彻底消散，才能心安理得地搬到房管局分配给他们作为临时过渡使用的那套房子里去。

李建军点燃的蜡烛，让李家的老房在夜深人静的半条星月巷，显得格外辉煌。如果从天空往下看，黑漆漆的废墟中，仅余几座坚挺的房屋，在月色下呈现出它们保持了近百年的轮廓线，其间散布着疲软的烛光，软绵绵地摇晃着，让那些房屋也像浮在水面的枯木，随波摇曳起来。

只是那天晚上去李家告状的人，并不能飞上天空往下俯瞰。他姓张，是姓张那位胖姑娘的父亲，他在黑暗中任凭一腔愤怒驱使自己狂奔，一边轮番呼号着李建军、鲁秀梅与李杰的名字。李家通宵不灭的烛火，并不足以为他在黑暗中照亮废墟中仅余的狭窄路面，于是他跌倒，又爬起来。在李建军起床准备点燃这天深夜的第四根蜡烛的时候，他敲开了李

153

家的门。他的问候语没什么新意，他说，"王八蛋混账强奸犯，我女儿说……"

李建军哆哆嗦嗦，让火柴梗从他手中滑落，落在自己脚背上，烫出一小点疤。但他毫无感觉，而是全身僵直。他惊恐地看向这位从黑夜中奔逃而来的不速之客，一张面孔在黑暗中只露出两团有乒乓球那么大的眼白。李建军只觉得，这就是让他心惊肉跳了好几个月的魂灵，终于找上门来。一时间天旋地转。

这时对方再次开口，熟悉的声音让李建军定住了精神，才认出来客，是张姓的邻居（也是张家长子，正是他做主，让张家迟迟未搬离，不过这件事后第二天，张家就搬走了，星月巷拖延已久耗时几年的拆迁进度因此更进一步）。

李建军这才长舒一口气，全身松弛下来，也才顾上去抚摸脚背上那块刚被火柴头烫伤的地方。弯下腰后，他不禁无声地笑起来，仿佛刚刚从天而降一个喜讯，而不是上门来责问自己的邻居。

"你才是王八蛋混账强奸犯。"他听见鲁秀梅对来人说。

张姓父亲的这段夜奔，让强奸犯李杰的名号在半条星月巷尽人皆知。不过人们惊讶的，不是这废墟中的强奸犯罪（巷口那堆废墟本身，就像是引诱人去犯罪才专门弄出来的完美场所），问题是，怎么能是李杰呢？李杰又是谁呢？星月巷很多已经搬走的人在听闻这一事件后都拼命回想，却无法让李杰的样子在记忆中准确呈现。

李唯一听闻消息后，也异常惋惜，他想李杰马上就也要

154

成为小安那样的大学生了（因为小安，所以李唯一认定，大学生是这座城市里最好的职业，不过对他自己来说则另当别论了），怎么就被女人这么及时祸害了呢。早知道就该把自己的人生经验传授给堂哥——女人是麻烦的根源，男人的伙伴还应该是男人才好。

令李唯一对李杰改变看法的，也不是他荒唐的"犯罪"，而是他更荒唐的自首。那时李唯一在星月巷的"情报网络"仍然有效，那些人从公安局打探来消息，以二十块钱的价格卖给李唯一，价格昂贵是因为"事关司法"，说，李杰怕是疯掉了，要不也有精神崩溃的嫌疑，这乖巧的老实孩子，莫非是被张家那位父亲凶恶的质问给逼得神经衰弱了吗？那位可在公安局没少为难李杰。于是李杰自首的时候，就有了一番惊世骇俗的胡言乱语，比如他说，"你们把我快抓起来吧，我不走了，受不了了，我就是想你们把我抓走，千万别把我放出来。"

脑子坏了。那人感慨。

这几句话对李杰来说，就已经是长篇大论了。李唯一想。

李唯一再把这个消息"转卖"出去的时候，稍做了些改动，他出售的价格仍是二十块钱。他告诉买主，李杰都是被他父母给管太严了，当了十几年乖儿子，从来没做过一件事，还不是因为要做一件真正的大事？什么？你觉得这件事难道不够大么？

对方听过会不由自主点头，尽管如此，也很惋惜，因为

"可惜还没高考呢"。

李唯一就摆手，他向来就会只凭摆手就摆出一种天机不可泄露的意思，说，"不以考试论英雄。"

李唯一讲述的这个版本，显然在星月巷流传更广，毕竟他的身份是当事人的堂弟，在星月巷又比李杰更为知名。

李唯一知道，这样一来，李建军和鲁秀梅就再不能在仅剩下半条的星月巷抬头做人了。此后看来，也如他所料。

现在回想，李唯一明白自己这就是报复了李建军。因为李建军在很长时间里都让全家人认为，李家的回迁房只有一套三居室，事实上在"三"这个数字上他确实没撒谎，不是一套三居室，是三套两居室。李晓西走后，三套两居室就很容易分配了，李建军和鲁秀梅一套，志强一套，李杰一套，李杰虽然自首去了，但房子仍得留给他。

李建军这小小的欺瞒做法非常幼稚，跟他以为这样就能独占两套两居室的想法同样幼稚。真是不可思议，李唯一想，难道他从不考虑李唯一在星月巷是多么消息灵通么？李唯一好心地提醒过李晓西。

难怪李建军现在都不敢下楼，在绿楼底下的绿化带里，与星月巷邻居们继续他们那种喝"飘雪"的往昔生活。

不过，这报复其实也无必要，事过境迁，如今李唯一偶尔也对李建军饱含同情，还有一些他羞于承认的感激，毕竟如果不是李建军，他自己也没法住进这像有八百平方米的空荡荡的战场里来。

26

小安从理工大学毕业那天，李唯一送给他一份特别礼物——他有了份"正式"工作。他同时跟小安郑重宣布的消息还包括，从此，他就放弃自称为"中介"的事业啦。他相信只有这样，小安才不会总是替自己担心，才能放心去北京，作为朋友，首要的原则便是时时替对方考虑，李唯一是这样想的。

找工作的时候，那本买来的初中毕业证没发挥太大用途，因为李唯一去应聘的保安工作，仅有的要求只是身高，要一米七五以上。而其他工作呢，初中毕业证就更是无用了。他这无用的身高这时候总算给他帮了些忙，原来他长这么高的道理在二十岁才会显现。

保安制服穿在他身上，比志强穿铁路制服的效果好不了多少，都是像挂在树枝上的前后两片布。他挂着两片硬邦邦的深蓝色帆布，每天从早晨到中午都站在嘉华火锅店门前，车辆哗啦啦像流水，行人急匆匆也像流水，他就是亘古伫立在水边的纤瘦的树。

他从未遇上过需要保卫的事情，也就是说他的工作除了站在店门外，其实什么也没做过。下午两点，嘉华火锅店午餐时段结束，整个下午的时间李唯一通常都是独自度过的，直到五点晚餐时段开始，再回到火锅店来。

他如今更愿意独来独往，仅需要面对的困扰，是因为从来不需要说话，久不张嘴，就会有烦人的口臭，但他会每天多刷几次牙。

　　嘉华火锅店的老板也姓安，自然不是巧合。老板对自己儿子在北京读研究生十分自豪，时常跟员工说起当年他的儿子如何厌学，不过都被他的棍棒调教好了——看看，一下就考到北京去了。

　　"我们挣钱为着什么呢？还不是为让他多读书，只要他能读，他可以一辈子读书，我砸锅卖铁也要供他读书的。"

　　"安老板何至于砸锅卖铁呢……"

　　这些话都落在保安李唯一的耳朵里。李唯一看安老板，恍然错觉像是看着多年后的小安。安老板与小安的五官，旁人不需要仔细对照，也能指认出两人的父子关系，此外他们毫无共同之处——难道他们终其一生就只是长得像而已吗？

　　有时这样想来，李唯一会感到惊恐，就像他自己也有几次觉得，在镜子中恍惚看见的是志强的脸。这种不期然而来的时刻，逐渐让他明白，父亲与儿子恰是硬币的一体两面，生来注定彼此背离，但又分割不了。

　　自从被理工大学的保安认出来，当即就被拉扯出校门之后，理工大学的宿舍他也不再去了。这城市里他能去的地方又少了一个。小安回来的日子仿佛仍遥遥无期。天气预报里北京的气温总是在零度左右徘徊，那座比成都还巨大的城市，在李唯一心中投影着一片无边无际的荒漠，寸草不生，仿佛任何人走进去都会被淹没，最终干涸而死。

整个冬天，李唯一很久也收不到小安的信息，QQ上那个蓝色头发的小头像，不再那么经常地在电脑显示器右下角活泼泼闪动，仿佛小安的脸在他心中某个角落渐渐也不再活灵活现。他做过不少可怕的梦，主题都是小安回不来了，其实白天他也时常如坠噩梦那般，惴惴不安。于是这样的状况下，他就只能一直在嘉华火锅店待下去，毕竟在这里虽像是守株待兔，也好歹是那棵正确的、能等来兔子的树。

成都的春天要到四月才姗姗来迟，气温其实早就升高了，不过要等阳光终于能瞄准某个刁钻的角度，才能照亮幽暗古老的盆地，这时候，才是春天的正式登场。

四月开始，一连好几日晴天，不知名的小花在一些人家的阳台上开放了，每一天都有新的绿芽儿从绿化带边缘的砖缝间冒出来，就像李唯一的心情，艰难地但总算是，复苏了。

这一天，李唯一在火锅店的男员工更衣室里，脱下冬装的保安制服，准备下班。光是脱下衣服的过程，他就从后背摸出一手心细濛濛的汗。他听见更衣柜背后有响动，知道更衣柜背后有人。他想可能是某个换衣服的同事。更衣室的衣柜摆在当中，一头顶住墙，将小房间隔成两个更小的房间。

他觉得既然他们两人都在狭小的更衣间里，就得说点什么。除了志强，他还没允许过自己与任何人共处一室却一言不发，他没经历过这种尴尬。

李唯一说，"天气热了啊?"

对方在更衣柜后面答话，"热得很，但这还不是夏天，

159

夏天就好了，儿子就回来喽。"

李唯一出了一头汗，他听出来，更衣柜后面的人是安老板。因为要送小安去北京读研究生，安老板开始开源节流。他开源节流的办法除了扣员工的奖金，还包括把自己的办公室改造成豪华包间，自己再到员工更衣室换衣服。不过，安老板的儿子对李唯一来说意味着什么，安老板仍然一点也不知道。

安老板说着话，从更衣柜背后走出来，身穿一件跟服务员制服差不多的白色短袖衬衣，紧绷着圆滚滚的上身，倒像一个自我放弃的厨子。

安老板走近来，拍拍李唯一的胸脯，而李唯一还没来得及穿好上衣。李唯一觉得他可能是本想拍自己肩膀的，不过够不着肩膀，就拍上了胸脯。

安老板说，"小伙子，火力壮。我也是热得不行了，换件薄的。"

安老板边说边往外走，外面有三层楼的客人在等着他。

安老板离开后，李唯一独自在更衣室呆站了半天，刚才被安老板拍过的那块胸脯，尽管赤裸着，也变得滚烫。他琢磨，是因为心脏刚好在那块皮肤下，又一直在怦怦乱跳的缘故。

但他更想不通的是，安老板怎么像大哥似的，拍他胸脯，勾肩搭背，语气里肯定有赞许，也很慈祥——这样慈祥的人，怎么会凶巴巴打人呢，还把儿子打得额头出血、满身瘀青？李晓西动刀子他能理解，她本来就该是舞刀弄棒的男

160

人婆。可安老板呢，该怎么通过他弥勒佛似的笑脸想象出他朝儿子扔盘子的凶相？人啊，真是好难理解的东西。

这天傍晚，李唯一给小安在QQ上发了一条信息，一改这几年来他克制自己给小安发信息的欲望的习惯。其实他最多也就只能克制住自己，不是每天都给小安发信息而已。他觉得最好不要太过频繁地去打扰他。他只是小安远在成都的朋友，而小安在北京想必有很多新朋友。小安前两年暑假回成都，就跟他说起过某些新朋友，李唯一面带好奇的笑容，耐心倾听的模样连他自己都觉得像位善解人意的长辈，他就是把小安当晚辈来溺爱的，不是么，因为他还绝口不提自己心里对小安那些朋友，那些所谓玩乐队的人、画画的人还有拍电视剧的人……统统都很仇恨呢。而且，他们还都是研究生！

所以他与小安的联系很少，越来越少。不过这天小安很及时地就发来了信息，说，"是的，所有的课都上完了，所以打算五月一号就回去了。"

从这时开始，李唯一就不需要那一百种与时间作战的方法了，因为他的时间简直不够用。

为迎接小安回成都，他还有很多准备工作得做。八十平方米的两室一厅需要好好布置。他计划把大卧室留给小安，小卧室自己住。他没有一本书，不过也买了个顶天立地的大书架，因为他觉得小安会有很多书。此外，客厅还需要给小安布置一个音乐角，小安可以坐在一张舒服的单人沙发里，专心弹那把跟小安一样伤痕累累的吉他，如果小安的吉他还

161

没被卖掉的话。

这些事，就像他小时候玩过的那种扯不完的连环锁，一件带出另一件，没完没了。

下班后所有时间，他都在成都乘着公交车跑来跑去，心里担忧着能不能在五月一号之前完成所有事宜。成都的公交车已有了三百多条线路，大半个月的时间，他差不多乘坐过其中一百多条。

到四月下旬，他已基本把卧室与客厅布置完毕。某天回到家来，他觉得自己才第一天住进这套房子似的，感觉陌生又新奇，审视一桌一椅，都可爱得恰到好处。

他在为小安准备的床上只睡过一夜，只是为确认床垫的软硬程度能让小安舒适。之后他把床单、被子铺好，平整得一丝褶皱也没有，他便关上了这间卧室的门，钥匙装进一个有缎带的蓝色饼干盒，他决定小安到来之前都绝不打开这个纸盒和这扇房门。这间卧室就像要送给别人的礼物，层层包装，精美而严密，但时不时还得提醒自己，千万克制住那种总想拆开包装纸再看一眼的奇怪念头。

这时，他才给小安发出一个貌似很不经意的信息，"稍稍给家里做了些改动，欢迎你来参观。"

事实上这信息怎么写，却又是他费了不少脑筋的。本想说，"欢迎你来入住"，但发送前还是改成了"参观"。因为他觉得小安只要看见这书柜、床，这音乐角，肯定就舍不得离开，小安会主动提出要留下来跟他同住的。没有人会拒绝这样一套房子，还能看见火车北站的大挂钟和避雷针呢。

何况，他做这一切不就是为让小安不必回到火锅店老板的家里，再因为不读书被打得额头出血吗？虽然小安已经把研究生都读完了，谁知道面慈心恶的安老板还会不会揍儿子呢？

安老板竟然还说过，他希望小安把一辈子都用来读书，多么残忍。

大概是因为不需要上课，这些天小安回复信息的速度非常快，"一定去，迫不及待呢。"

李唯一盯着消息后面那个微笑表情，傻笑了一分钟。他想，其实这哪里是"稍稍做了改动"呢，简直是摧枯拉朽，把八百平方米的战场彻底改头换面，让它成为八十平方米的家，这才是这套房子应有的模样，而他独自居住的三年，不过是鸠占鹊巢，暂时栖身罢了。到这时，他已悟出，原来房子也不是自己这些年的目标，而是有伙伴一起生活的房子。

27

五月一号这个日子尤为神奇——有时李唯一觉得这一天近在咫尺（没多久了，就快了），有时又觉得遥不可及（天啊，还有好几天）。他发现自己忘记了布置厨房的时候，他对这个日期的感觉，正好是前一种。

因为从来都在火锅店吃员工餐，他的厨房空无一物，他从来也不需要到厨房里去做什么，他更想不起来上一次进厨房是什么时候。厨房在这套房子的主人眼里，完全是隐形的。

"我怎么忘掉我有个厨房了！"他被这念头惊醒，发现自己再也睡不着。干脆起床，专心寻思起来——他想可能都因为在县城火车站那些年，他们住的房子没有厨房的缘故。而他始终睡觉的那张床所在的位置，又原本是厨房。真正起到厨房作用的地方，又是志强那座古怪的棚屋，墙上还有个洞……因此，如果可能，他倒真想把与厨房有关的一切忘得一干二净。

但小安需要厨房，因为他是火锅店老板的儿子。要不是去读那些除了满足安老板的虚荣之外毫无用处的书，小安没准会是烹炒煎炸的一把好手。所以李唯一还是得给厨房添置些必需的东西。只是眼下这件事显然很紧迫，他得抓紧。

四月三十日，李唯一晚班请了假，他想去超市挑选几样厨具和餐具。他从火锅店偷偷拿走了三份青笋和一份毛肚，都是小安曾赞不绝口的东西。李唯一没从火锅店拿走一样餐具，打包盒可算不上餐具。在超市挑选餐具的过程让他发现，锅碗瓢盆都不能让他感兴趣，他还有另一个发现：这世界上只有一种难看的餐具，就是他从小吃饭的不锈钢盘子。

勉力挑选了几样，他也不太确定如今他的厨房是否算是用具齐全了。

回家后，他把装有青笋毛肚的打包盒放进冰箱。第二天一早醒来，他懊丧地拍着大腿，因为想起还需要买些米回来，也许是志强当年那些营养晚餐的搭配法则，仍在他头脑里根深蒂固地作怪，他无法说服自己放弃这样的念头：无论如何，主食必不可少，米饭必不可少，对小安这样的成都人来说，更是如此。

李唯一准备去买米，出门前，他在门上贴了一张纸条。

他已经很久不必写一个字了，圆珠笔刚写下几个字，便拒绝分泌出像这天天空一样纯蓝的油墨，他能找到的仅有的一支笔就这样报了废，好在已经写下几个字了："要匙在门垫下，我去……"这第一个字他自己看来也有点怪。

但小安能看懂，小安读过那么多书，也认识所有字，他想。

他还在星月巷过暑假的年龄，就替鲁秀梅买过米，认为自己对这件事略知一二；又因为但凡他想做的事，少有做不成的，除非他压根就不想做，所以他花了些时间在货架前研究袋装米的品种，弄懂了它们的微妙差别。

一个多小时后，他兴高采烈地回到星月小区绿楼，手里拎着五斤装一包的大米。

刚走出电梯就发现，门上的纸条不见了。

有人取下了它！是小安看见了他的纸条！

这样一想，他激动得几乎握不住钥匙，好在尝试几次后，钥匙在锁眼里终于顺滑地转动起来，还有比这顺滑的拧转更激动人心的事吗？

门被推开，那瞬间他闻见格外熟悉的火锅的味道——牛油底料浓郁的特殊香氛，只能出自嘉华火锅店。在嘉华火锅店的三层大楼里，这味道弥散于每个角落或缝隙，连李唯一站岗的大门外的一平方米区域也不出其外。

那包米已经砸落在门口的地板上，但因为李唯一没能听见米袋落地的声音，就感觉不到硬硬的塑料包装的这包东西，已经从手里离开了。他的胳臂似乎还毫无必要地往上使着劲儿，这让他右边肩膀突兀地耸了起来。

抽油烟机在嗡嗡工作，漫漶的轰鸣声，让他这时不可能听见任何别的响动。

他瞄了眼厨房，低瓦数的白炽灯光，从厨房门内向外倾泻出来，在地面投射成一块三角形的光明地带。虽是白天，但厨房采光仍然微弱得离谱，这是这套房屋的布局永远让他百思不解的又一处地方，也是他直到几天前都将厨房遗忘的原因之一。

应当也是这从未使用过的抽油烟机，像压抑已久的情人终于不受拘束地释放出欢快响亮的鸣叫，让小安没听见他开门进来的动静。

他突发奇想，并当即决定，也要给小安一个惊喜，报答小安这么令人惊喜的现身——小安不仅回来当天就来看他，还在准备做饭，不，做火锅呢。他从嘉华火锅店偷偷拿走的火锅底料是需要炒制的，绝对正宗的火锅底料都需要被精心炒制。既然安老板都对顾客宣称这经炒制的特殊底料出自安家祖传，那作为独生子的小安，想必也获得过真传。

李唯一在门口脱了鞋，轻手轻脚，走到厨房门口，脚尖踩在地面那片三角形的光明区域的边缘。他躲在门的侧面，往门内迅速地探了下头，这个动作只够他看见小安的身影——正背朝自己，看不见头，因为他的头深埋下去了。

李唯一还瞥见两盏燃气灶，正生长出令人愉悦的淡蓝色火苗。

不能让小安发现，那就不会有惊喜了。

他飞快地缩回头，继续在嗡嗡的巨大声响中并不必要地蹑手蹑脚行动。

他走回小卧室。随后躺上床，把被子拉到下巴——这将有助于一颗已然开始横冲直撞的心脏逐渐平复。他感到幸福，都不由自主地笑出声来了。这样自顾自地笑，有点傻气，不过有什么关系呢。

在白昼的光线一层一层暗淡下去的房间里，他努力睁大眼睛，似乎是为用眼睛来仔细谛听抽油烟机嗡嗡的工作的声音——这声音让他想起一些东西，比如他从未经历过的某种生活，辛勤劳作、简朴度日，对拥有的为数不多的东西付诸饱满的感情……他感到对这种生活油然而生的向往，他自己也似乎在这瞬间就具备了过上这种生活的资格，是小安赋予他的资格。

他的计划是，抽烟烟机一旦安静下来，他就立刻跳下床，再跳到小安面前，再之后，他所需要做的，就只是抱着两臂了。他会像高深莫测的鉴赏家欣赏新出土的古玩一样，尽情享受随即而来的那一时刻。多么激动人心。小安但凡受到惊吓，就会显露出来的那种半分愠怒半分快乐的神情——他许久都没有亲眼见识过了，尽管他随时都能在想象中复制出小安假装抱怨时的嗔怪的模样。

抽油烟机停止了运转。

李唯一掀开被子，光脚落在地上，悄无声息。他往客厅走去。他两只臂膀不由自主往上抬了抬，仿佛试图去拥抱面前的一团空气，再把空气捏成一个可爱的理想人形。几年的独居生活，让他对自己还能否恰如其分地拥抱好朋友这件事，缺少把握。但他拥抱的空气，这时并没给予他一丝热情的回应，尽管其中飘散的火锅底料气息，已浓艳得让人忍不住打喷嚏。他掀动鼻翼，尽全力忍住了喷嚏，这让他两眼就快落下泪来。

但厨房里的人没忍住喷嚏，毕竟厨房的火锅底料气味，更为浓郁，并将经久不散。

他听见厨房的喷嚏声，像衰弱苍老的动物临死前的悲鸣。

他呆住了，因为这喷嚏声，绝不可能出自小安。哪怕他们长时间没见，他也依然清晰记得小安的喷嚏声、咳嗽声，甚至小安微弱而婉转的呼噜声。

他预感到了什么，一种令他摇摇欲坠的力量，此时从脚底迅速蹿过头顶，蹿上层高不足二米八的房间的苍白的天花板。这种力量让他失去平衡了似的，他感到自己完全站不住了。他稍微定了定神，发现自己正站在客厅的茶几旁边。

茶几上的餐具，正是他那天精挑细选买回来的。那些波浪形的碗口，跟他自己一样，像在急切等待着曲度刚好吻合的另一只碗口，来让它们合二为一，并最终结合为完整的一体。

他忽然困惑极了，自己站在这里，到底在做什么？

他看见自己的光脚，摆成尴尬的角度。他一直以来，又到底做了些什么？他无法让自己尴尬的光脚挪动半步，仿佛如果此时止步不前，他担忧的最糟糕的局面，便不会发生。

他并没能站在茶几旁边把任何一个突如其来的问题想明白，因为只是几秒钟过去后，志强就从厨房走了出来。这是李唯一早有预料却从不承认将有可能发生的场面。

志强两手各端着两个小盘子，盘子里分别是那三份青笋和一份毛肚。小盘子在志强的大手里摇晃，随时都要飞出来似的。

结果，还真飞出来了。

志强可没想过见到儿子的地方会是客厅，他还以为会是自己给李唯一打开家门——既然李唯一已经贴心地把钥匙给父亲留在了门垫下。和他小时候那张"为报复而学习"的纸条一样，李唯一从不为纸条上的错别字费心。这倒是让志强哑然失笑。

所以志强便被客厅中忽然出现的高个子给吓了一跳。这小小的惊吓，也让四个小盘子趁势飞出他灵巧了一辈子的十指。青笋和毛肚，还在半空中时，便交缠着亲密地混迹在一起。

不等小盘子全都落地，志强就想通了，李唯一应该是还有一把备用钥匙。

"你怎么来了？"李唯一先开口。问过又觉得这问题毫无必要。

志强蹲下身，想把青笋和毛肚捡起来，装回小盘子里。他一时还无法决定要不要把两样东西分开。

　　"你怎么……"志强抬头，看见儿子的刹那间，他忽然忘记原本想问什么了，但他决定，还是先放弃区分青笋和毛肚吧。

　　可能因为没有了菜品，父子俩看着一锅沸腾过的底料，谁也没动筷子。志强觉得应该去再买些吃的东西来，但他又舍不得立刻出门去，他还想多在李唯一身边待一些时间，他当然会这么干，哪怕说几句话再出门呢。在来时的火车上，他想好那大段要对李唯一讲的话，忽然间全都烟消云散。似乎他这次来成都一趟，就为专门把这些话送到成都、送到儿子耳边来的。但事到临头，他怎么又不知道如何开口了呢？看来小雁才是最了解自己的人，他想，因为小雁早就指出，志强尽管有嘴，但从来说不出话。

　　可惜小雁去世后，这世上恐怕再没有这样了解他的人了。

　　"你饿吗？"志强说。

　　李唯一摇头，火锅的味道让他觉得太饱了，从来没这么饱过。

　　"你把这里收拾得很好。"志强又说，说着抬头环顾了一番，这倒是让房间里亘古隔膜的气氛缓和了不少。

　　李唯一又摇头。这里当然好。他想，谁会知道半个月以前，这里还是他的八百平方米的战场呢。他是好好布置过一番，消除了那些永不被他人知晓的他独自战斗过的痕迹。这全都因为，他以为，此时与他并肩坐在小沙发上的人，只会是他唯一的朋友，他从没想还有别的可能。小沙发花费不菲，跟这房间里所有东西一样。这些东西就是他的全部积蓄，那么也是他在这个世界上拥有的全部了。

"我就是想来看看你。"志强再说。

李唯一再摇头。现在志强如果再看着他吃饭，他也不会生气了，但如果志强看到的，是他即将到来的朋友呢？他顿时就觉得自己快要气疯了。

不过他没说什么，几年成都生活如果教会过他任何事，那就是沉默。于是他这时还能稳坐在崭新的沙发里摇头。其实母亲去世后，他就有预感，志强总有一天要来成都，来到他的房子里，热火朝天地制造各种东西，或者烧那几样从不更换的菜肴，再矢志不渝于把这里，最终也变成他志强的另一座棚屋。

李唯一也知道，自己没理由不让父亲来，只是，他该怎么让父亲知道，这一切都还不到时候呢，至少也不是今天，五月一号。

"我们家已经拆了，其实那楼也没盖多久，但是火车站规划了职工小区，才要拆我们那座楼。"志强说，"我先在电务段暂时住着，不用担心。这不……放劳动节的假么……"

李唯一还是摇头。那座布局奇特的火车站职工住宅，拆掉才是它最好的结局，他并不惋惜。他母亲倒是在那里去世的，不过他没能赶上回县城见她最后一面。他当时已经赶去了火车北站，但他被告知那本铁路子弟学校的学生证失去效

171

用了，而他从不知道如何购买车票，与检票口那个女士的必要的争执也耗费了他不少时间。他就这样错过那天的火车，继而错过见母亲的最后一面。他在第二天成功购买到车票，登上开往县城的火车，一路上都纠缠于一个很奇怪的念头，从此他们一家三口，又多了一个人需要为坐火车掏钱了。但他不知道多一个的同时，也少掉一个，小雁咽气的很早之前，也就不再纠缠于这项微小的福利了。她甚至都拒绝再想到跟火车有关的任何事。也许对母亲这个年龄的人来说，火车就是生离死别。李唯一如今这样去理解她。

"很奇怪，整栋楼都没有了，但我的棚屋还在，他们让我自己去拆，说拆棚屋不是他们的职责。他们还给我规定了期限，让我一个月之内拆完，还威胁我不拆完就开除公职，因为，他们说是……说是……违章建筑……"志强说，"我怎么拆呢？我会盖棚屋，但我还没拆过。不是不会拆，而是下不去手。"

李唯一不摇头了，"下不去手？"他问，志强的棚屋在李唯一看来，根本不需要拆，只要楼房不存在了，棚屋失去了支撑，不需要任何人动手也会自动垮掉。

"好不容易我才建起来的，虽然不好看，虽然在里面做饭冬天冷夏天热，很不舒服，但也舍不得，多少年啊，都在里面的，那是……是我自己的孩子一样的……"志强说到这里，感到这话有些言重，就不说了。他犹豫着有没有必要再解释一下，以免儿子因为他的言过其实而责怪他，但他又担心自己嘴太笨，会反倒说出更激怒儿子的话来。他已经察觉到李唯一通过不断摇头摇出来的愠怒了。他只能理解，这愠怒都是因为他，他想不出还能因为什么，这是他熟悉已久的愠怒。但他也不确定，到底是自己做的哪件事惹怒了他。他怎么可能知道，其实他什么也不做，就足够惹怒他了呢。他回顾这些年每一次成都之行，每一次都与他的期待背道而驰。事与愿违或南辕北辙，几乎已成为他的世界里仅有的一条真理。他觉得这些年自己逐渐就成了1984年的小雁，一到成都，就乱了套，连自己的手和脚怎么安放都无计可施。

他犹犹豫豫着，看向李唯一，又担心再一次把儿子盯得离家出走。这房子虽然是属于志强的，但这里的所有东西都与他无关，而且竟然没有一样东西出自他的手，虽然他为这简单到极致的装修和廉价电器，也掏空了积蓄，不算多，毕竟更多的积蓄用来化解小雁的肿瘤，哪怕他们明知道，肿瘤是化解不了的，但很多事情人们都是明知化解不了的，会成为坚固的永不愈合的创痕，不也一样去干了吗？

他的内心仍然坚持认定，这就是李唯一的家了。既然如此，此时如果再要有离家出走的人的话，那么，也只能是志强自己。

李唯一摇头，摇得很平静，心里却不尽然，他只是不愿被志强看出来，他晦暗的内心就像季节又回到了成都永恒阴沉的冬天。他走到小阳台，把自己扔进躺椅，目光不自觉地就望向了火车北站，视线像自带磁性似的，挪都挪不开。"出站口"三个字，小小的，好在他视力很好。他不确定的只是，小安的身形是否会有很大变化，不确定九个半月的分别后，他还能不能一眼就从人群中把小安检索出来。没准儿，其实他已经错过小安了。这样想来，再盯着火车北站出站口，也是无济于事。

他起身走回到茶几旁边，对志强说，"这下看到我了，然后呢？"

志强也在想同一个问题，他再次感到在成都才会体验到的慌乱无措，归根结底的问题仍是，他不知道该去哪里。星月小区建成后，从前星月巷的一切，都荡然无存。他也不敢去找李建军和李晓西，他这种人，在哥哥和妹妹面前都抬不起头来，死亡也不能弥补他对他们的亏欠。他的大腿上被李晓西刺伤的地方，伤口愈合，留下一道一寸长的疤痕，像最刻薄的老妇的眼睛，总是盯得他胆战心惊。

我做了什么啊！他很多次对着大腿上的眼睛喊。那只眼睛在他的声嘶力竭中抽动起来，抽成饥荒的唇，仿佛随时都会把他给吞下去一般。

但他还不能死，李唯一还需要他。志强发现李唯一更瘦弱了，虽然李唯一的体重到这一天实际已增长十五斤。也许都怨那张阳台上的躺椅，让李唯一整个人就像消失了，他蜷缩在躺椅上的身子，那么渺小、纤瘦，头发还那么长。

志强想，他瘦了那么多，是不是儿子从不擅长为自己妥善安排一日三餐和作息的缘故呢？他真遗憾没能早一点传授给儿子厨艺以及那套营养搭配法则。于是志强到这里的第一件事，便是做饭。

他没从李唯一的厨房与冰箱找到什么能吃的东西，他看

174

见的每一个碗和盘子，都还带着揭不干净的不干胶标签，但凡他动手撕开一角，只会留下大片模糊的白色胶印。不过好歹厨具算得上齐全，这说明，李唯一并非不想好好吃饭，只是有心无力。这就更令他心痛了。他心里就这么痛着的同时，一股脑掏出冰箱里所有食物，仿佛儿子这些年始终在成都独自挨饿。

然后他发现，这些食物像是为一顿火锅准备的，这样的发现让他觉得，简直像是奇迹。志强进屋二十分钟后，就开始动手炒火锅底料。他一边炒一边思索，怎么才能让火锅符合他的营养搭配原则。早知道青笋和毛肚会倒在地上，还管什么营养搭配呢。

"也许住两天，就两天，假期结束，还得回去上班。"过了一会儿，志强才说。而这时李唯一已经把刚刚的问题忘得差不多了，他正在想火车时刻表，可以查到小安回成都的火车时间的一张时刻表。火车时刻表他见得很多，在县城火车站，每年都会有新的火车时刻表，跟挂历印在一起，挂在每家最显眼的位置。这座房子里没有挂历，当然也就没有火车时刻表。

"你带火车时刻表了么？"李唯一问志强。

"没有，我不用时刻表，我晓得的，到成都的火车只有一趟，晚上七点零五分发车，回县城的火车也只有这一趟，中午十一点四十八分发车，我记得很准的。"

李唯一没再问下去，他知道志强记得再牢靠，也不会记得北京到成都的火车几点到站，那是更遥远的距离、更漫长

175

的行程，是他们父子都从没抵达过的远方。他们曾经都以为成都就是最远的那道界线了，仿佛宇宙边际。谁知道呢，成都之外还有更广阔的宇宙。这宇宙因人而异，每个人都有自己的远方、自己的宇宙。成都是他的远方，而北京是小安的远方。小安从远方的北京回成都，需要在火车上度过一昼夜的时间，从这种意义上来说，距离就是时间，也需要他李唯一与之厮杀搏斗。

这时，李唯一忽然想到，也许小安说的五月一号，是指从北京上车的日期，那么列车将在五月二号抵达成都。

李唯一对自己的失误懊悔不已，又为上天这样的安排感到庆幸，幸好不是今天，而是明天，才是小安抵达成都的日子。这是丢失的一天，又是多余的一天。

28

他们父子如何度过这一晚，就成为李唯一迫切需要面对的难题了。没多久，志强从厨房变出来两碗清水挂面，这一次他端得格外小心，哪怕滚烫的碗底正在灼伤他的手指，他也硬挺过去了。

两碗面条安然无恙地被送至李唯一眼前。李唯一盯着茶几上两碗没有臊子的面条，他想那种惨白的颜色，可能就是在提醒人们不要吃掉它们，因为它们是可以想见的寡淡无味。

那锅火锅底料，仍在灶台上，散发出的气味逐渐让李唯一心生油腻，以他在火锅店工作的经验来说，他断定，这种油腻用不了多久，就将变成持续的让人恶心的感觉。

但李唯一还是强制自己，吞下了半碗面条——他应该这么做，尽管他相信自己随时都可能呕吐。他一直坚持到恶心感无法控制的程度，放下了筷子，再也没有拿起来。而志强只是埋着头狼吞虎咽，他一天没吃过任何东西了。他也生怕抬头去盯着儿子瞧，他可不想再因为同样的缘由把他激怒第二次。

黄昏迟迟不来。李唯一甚至考虑过应该去上班，火锅店门前的时间，现在看来，会比这套房子里的时间容易对付。可是，只要一想到志强会留在家里，他又断定这不是一个好主意。他仍相信小安随时会从天而降，这让他哪怕走出房门半步，也顿觉心脏被高高地提了起来，而这种紧张感很快就将让自己无法忍受。小安这几年里，来过这里三次，李唯一几天前又把地址给小安发送过三遍，小安说他不会弄丢这个地址的，但李唯一生怕小安忘掉——一套房子是不可能被"弄丢"的，只会被遗忘。他也不敢想象小安与志强见面会发生什么，也许什么也不会发生。但志强的存在，就像试卷上自己出于与生俱来的愚蠢才没能正确回答的问题，答案上的红叉会暴露出他本质上有多么傻气。志强就是写在他命运上的红叉，让一切都谬误重重。

而志强会如何对待小安呢，他想象不出。他确认自己与小安的友谊纯洁得像两名躺在一起的初生婴儿，源自天性里

177

的亲近感让他们相视一笑，这种微笑毫无邪念，却欢喜甜蜜，胜过所有成年人的笑容。这其实并没什么不能让志强洞悉的。但为什么只要小安与志强共处一室的场面倏忽闪过他的脑海，这一倏忽就会成为宣判李唯一人生彻底崩溃的瞬间？小安也许就像他小时候想方设法要藏起来的玩具，说到底没什么了不得，只是但凡被志强发现以后，这件玩具曾经拥有的所有奥秘、所有乐趣，顷刻即荡然无存、化为乌有，而他也顺理成章地，对这乏味的玩具，再也提不起丁点兴致。

最终，李唯一决定，还是得留在家里。

他只要确保自己有充足的理由待在小卧室，这个下午也许也不会太难熬。

他在小卧室也能听见志强在厨房与客厅间来回走动和忙碌的声音，他想象不出志强在做着什么。

留给小安的那间大卧室，依然是锁闭的，簇新的钥匙安静地躺在蓝色饼干盒里，仿佛装扮整齐后焦渴地等待重见天日的囚徒，就像李唯一自己。

难道父亲不好奇么？锁闭的卧室，还有另一间卧室里接近于被锁闭的儿子？

这栋房子里从未有过一个人像志强此刻这样，以不请自来的主人身份，揣度和照顾每一张椅子和每一块瓷砖，他听起来像是把卫生间每条瓷砖缝儿都刷过一遍了，弄出的声音跟泡沫划过玻璃似的，让人头皮发麻、全身战栗。李唯一干脆关上门，戴上耳机，不过音乐也不能让他的焦躁稍许安稳些了。

于是他决定睡觉。他总是能睡着的。

这一觉很不踏实，他在梦中恍惚回到小时候的一室一厅，又像是更早的时候那栋铁轨旁边的筒子楼。志强和小雁在晃，他朦朦胧胧地感觉到自己仿佛在山崖上，而身下的山崖或床铺的晃动，带给他仿佛置身高处随时将堕入深渊的恐惧。他苦苦哀求，求他们别晃了。他们不理他，晃动仍在继续。也许他们两个对这种晃动也无能为力。晃动终止的时刻，另一个儿子，像超级赛亚人那样，横空出世，一落地便成人，风度翩翩，酷似小安，又酷似李唯一自己。

这才是平静的真正降临——哪怕在梦中，李唯一也已经了解"宝宝是怎么来的"，他知道并不像李晓西那套唬小孩的说法里那样，她从来就对他误解深重，最深重的一条，便是总拿他当小孩哄——志强和小雁，赤身裸体，心满意足，发出狂笑。他们笑的是李唯一：你不是我们的好孩子，我们要的是你弟弟，你弟弟名字叫所有。李唯一曾听他们讲过李所有的故事，也知道他们失去过所有。

"我是唯一，不是所有。你们不要把我变成所有。"他分不清自己呢喃的喊声是否只出现在梦中了，因为他汗水淋漓地醒过来时，确实听见自己正在发出混沌的喉音。

睡梦加重了李唯一的疲倦，好在天色眼见得已暗沉下去。

他走到小阳台，瞅见那两根避雷针，看了一会儿，它们每一秒都比前一秒更难觅踪迹，直到它们终于消隐在那些似

179

乎就要贴上地面的黑色的云朵里。气压低得可怕，雨水又迟迟不来。成都连绵的雨季早已过去，如果这些黑云预示着久旱后的甘霖，那也会是一场暴烈的降水。

再也望不见两根避雷针时，他确定自己必须面对的时刻到来了。

他打开蓝色饼干盒，掏出钥匙，打开大卧室的门，手握门把手，冲志强点头，示意志强可以住进去了，像童话中的恶魔获准进入小公主的房间——这是他不合时宜的联想。

他想，反正志强说过的，只是两晚。

可是，明天小安来找他怎么办？

但总是要把今晚先熬过去的，不是么？

志强在这个下午已经出过一趟门。他凭着模糊的记忆找到从前菜市场的位置，他认为这种感觉就像在一张失效的古老地图上行走。菜市场不见踪影，大型超市的促销海报挡住了整栋建筑物的外立面。他走进去，学着旁人的样子，从串在一起的几百辆推车后面拔出一辆。进入迷宫似的货架，他也装满了一推车的食物。冰柜里再也没有千层雪售卖了，他摇头表示遗憾。回到星月小区的一路他走得战战兢兢，他担心撞见李建军夫妇。但其实他们更应该害怕看见他。

他急匆匆走过完全陌生的街道，遇见完全陌生的脸，他是这座城市各怀心事的人群中最不起眼的那个。他在生鲜冰柜前曾被溜滑的地板砖摧残，他点头哈腰的身形也很难帮助他在满布水渍的地板砖上保持平衡……总之，一百件小事在提醒他，他身处的地方是多么陌生多么坚硬。他不知道他不是第一个在超市郁郁寡欢的购物者，也不会是最后一个。

29

父子这天的晚饭，是这套房子里头一回出现四菜一汤，堪称盛宴。既然四菜一汤和当年的营养晚餐的配置如出一辙，就不赘述。

其实志强但凡对儿子有丁点儿理解，也不会在这天选择如此雷同的晚饭。志强也许在做这几样菜的时候，还感觉到了往昔时光的不断重现。好在李唯一已经度过叛逆的年纪，他能确保和父亲在相安无事的平和气氛中进餐。如果这时有第三人在场，比如小雁，也断不会发觉他们咽下每一粒米饭的过程都有多么艰难。

"我买了一把切骨刀，"志强认为有必要让儿子知晓一些厨房常识，既然李唯一已经在火锅店工作这么长时间了——他一开始对儿子这份工作并不满意，但在见过儿子身穿深蓝咔叽布制服的帅气模样后，他满心欢喜——那么儿子知道些厨房常识没有任何坏处，但更主要的原因，还是志强感觉得说点什么。

他接着说，"猪蹄这种，带骨头的，要专门的刀，不能用菜刀，菜刀的刀刃会起口子……"他压根没发现李唯一始终没正眼去瞧那一大碗黄豆炖猪蹄。这菜谱的精髓在于长个子，李唯一的身高就是对其营养搭配的有效性的活生生的

181

证明。

"哦。"儿子懒洋洋地提着筷子，犹豫不决该对哪盘菜下手。每盘菜都像是他已经吃过一生的，吃过一生的菜还有必要再多来一筷子么？

他若有所思的样子志强是看不见的，志强仍谨记并努力践行着"决不盯着儿子吃饭"的箴言。但他提出的切骨刀的话题很快就难以为继，他终究不是一名口若悬河的电工，他只是一名沉默的不称职的儿子、丈夫和父亲。

在他预感李唯一就快宣布这顿饭顺利告终之前，志强突然站起身，疾步走到厨房，他再出现在儿子面前时，手里拎着那把切骨刀。

切骨刀并不大，黑色橡胶的刀把，在他手心里弯曲着，贴合得很好。他留心让刀口对着自己，给儿子看刀背，说，"你看，你看，就是这一把，不干胶还有一点没撕掉，但是，这不碍事。"

李唯一望着他，从神情上，志强判断不出他是否听明白了。就像二十多年来父子的很多次对话一样，父亲搜肠刮肚，儿子神思出离。

李唯一的呆滞完全是因为他的脑筋正飞速运转着，他在想，什么人才会需要这样一把奇怪的刀呢？父亲为什么不厌其烦地说着这样一把看起来像是锻造不成功的匕首的刀呢？他能看见的刀背上，还有一道锻压的直线，想是作为花纹、用以装饰的，反正他想不出这道笔直的凹槽会有什么实际用途。但这道花纹除了彰显整把刀何其失败之外，并不能增添丝毫美感。

他认为我需要，李唯一想，他总是自认为我需要。

李唯一随后心事重重地回到自己的小房间。

他关上房门，戴上耳机，"四大天王"都在逐年老去，歌声中全是勉力挣扎的痛楚，所以他们的歌声也没能抚慰他此时的内心。

电脑屏幕亮起来，右下角的小头像踏实极了，没有任何动静——这是否意味着小安正在南下的火车上，才没工夫上网？李唯一之前从不知道东西南北，所有身在成都的人都不需要东西南北，因为他们有"上下左右"。李唯一学会分辨东西南北的本事完全是因为小安，他知道，北京在成都的东北方向；在北京，人们迈出每一步之前，都需要分辨东西南北。

他点开了小安的 QQ 空间，这是新玩意儿，可以看见好友发布的照片。互联网是一项伟大的发明，让李唯一不需发挥多少想象力，就能想见那座灰扑扑的北方城市的样子，如临其境。

他看见了小安，准确说，他看见的只是一张像素不够清晰的脸，照片四角露出模糊的背景。摄像头应该安在小安的左上方，小安的面部因此稍有变形，左额头因为靠近镜头，鼓了出来，但这不妨碍李唯一读出小安脸上的喜悦，那种发自内心的喜悦极少有人能够伪装出来或遮掩起来。他让光标在小安突兀的左额头上停留了一会儿，点开了下一张。

下一张仍是同样的角度，同样的背景，这张照片的背景依稀可见后面的铁质书架，书架上凌乱塞进去的洗漱用品和杂物——李唯一熟悉，这就是大学宿舍的配置了。两张照片的区别仅仅是，这一张照片上的人不是小安，而是，一个女人，或者，还年轻得称不上女人的女孩。年轻女孩的额头左边，被厚厚的刘海挡住了，这让她的面部即使在位于头顶左上方的摄像头的拍摄下，也没有比例失调。

她颇有心机，因为刘海，李唯一断定。

但他也是有心机的年轻人，因此他查看了照片拍摄时间，只相隔五秒！

他们在一起、在一间有洗漱用品和铁质书架，有带摄像头的电脑，可以上网的宿舍里！就像那一年，他自己和小安在成都的大学宿舍里一样地生活着。

这是一个自寻烦恼的发现。互联网让人们很容易去干这种庸人自扰的傻事。

李唯一回到床上，躺成胎儿的姿势，此时他心如刀割。但比起小安和那个心机女孩共处一室这事实本身带给他的痛楚，更令他痛苦的却是，他千思百虑也不得其解，自己为什么会这么难受？未知的恐惧比已知的更难对付，就像黑夜比白天更令人煎熬。

黑夜早已降临，静谧的空气里仿佛藏着无数条隐形的阴冷潮湿的毛巾，捂得李唯一喘不过气来。

小安会被她给毁掉的，女人是麻烦的根源。李唯一只能为自己的忧心忡忡寻找到这个还算合理的解释。他难过是因为他只不过在为好朋友担忧，以及他可不能让小安重蹈李杰的覆辙。

要不要做点什么？不，他一定得做点什么。

他裹紧了被子，被子湿漉漉压在胸口似的。小安不会比自己更好受，他想，因为那女人也会沉甸甸地压上他，他们艰难的晃动只不过为了生个孩子，不然还会有什么别的用处么？他尽管早知道男人的身体内充满脓液，早知道如果不让脓液流出，就会长出满脸青春痘，他也想不通，这个过程明明男人自己就能完成，何必需要一个女人？何况他已经好几年没长过青春痘了，便再也没有感受过那些脓液的折磨。这些，都没人能给他答案了，再也没有了。

30

卫生间的瓷砖没有花纹，下午刚打扫过，干净得可以冒出白色的寒气。

志强在卫生间门外，似乎他呼吸的空气也是白色的。他迟迟没能走进去。他是预备来洗澡的，但少了些勇气，也不是因为怕冷，阴冷的成都的秋天从不适合洗澡，他知道。他担心的只是洗澡弄出声响，然后惹恼儿子。这套房子的每一秒都过分安静，简直到了肃穆的程度。这让他不自觉就成了胆怯的房客，对房东怀着与生俱来的惧怕。他一向不知道他干的哪件事，会突然让儿子不痛快。

他又回到卧室。眼前这张床偏偏这么漂亮。也是过分

185

的，他想，而这过分的漂亮，绝不是儿子为父亲预备的。白色床单上，淡蓝格子的纹路，就像一张撑开的网，严阵以待着，试图捕捉任何失眠者的梦境。他不允许自己弄脏它们一点。他隐隐感到一种期待，在四周升腾。

他想，无论儿子在期待什么、期待谁，他都不能弄脏这张床。

于是还是去洗澡，这是志强平生最克制的一次洗澡了。水流被控制到最小的程度，因此便花去了很长时间，卫生间的热气也始终蒸发不足。之后，他打算擦干卫生间所有水珠，从墙面到地板。不过成都潮湿的空气也是会自动分泌水珠出来的，分泌的速度远远超过志强抹干水迹的速度，以至于他用抹布折腾很久，卫生间的干湿程度也不能令自己满意。

这样他终于疲倦又沮丧地躺下来的时候，火车北站的大钟正发出报时的钟声，他就留神数了数钟声，数出了十声。这是成都的夜晚十点。人民公园的老妈蹄花正门庭若市，散步的人群正三五成群走过天府广场，整座城市都显得轻松而慵懒。只有他躺在这里，心事重重。他的儿子在晚饭后就未与他有过照面，他希望这是因为儿子早已入睡，而不是儿子在刻意避开自己的缘故。

他对这晚的失眠预期不足，他没想到火车北站的钟声发出十二声响的时候，自己仍然睁着眼睛。他觉得不像是过去了两小时，倒像是只有两分钟。

他强迫自己闭上眼睛，强迫自己不要睁开。他未免对自己太残酷，毕竟黑暗似乎能让他看清更多的东西了，远的近的，过去的从前的，甚至从未显露过行迹的未来的，都纷纷向他涌来。回忆是失眠者的毒药，治愈的同时也附带着摧残。

黑暗中，窗外沙沙的雨声不期而至。也许只是风声呢？但他愿意相信这是一个雨夜，而每一个雨夜都会保证人们的睡意如墨色般氤氲、展开，灌满每一具疲倦的体魄。他知道此刻只有睡眠才能让自己捱过这个客居的夜晚。而这个夜晚将比他预料中难熬许多倍。

雨声起初很微弱，逐渐变大，仿佛一群毛茸茸的小动物从远而近奔跑而来的凌乱脚步。

这时，他听见了更明确、更响亮的声音，是儿子。儿子打开了小卧室的房门，他在旋转金属的把手，齿轮在撕咬着另一个齿轮。儿子走出了小卧室，一步一步地，正在客厅走动，走了一个来回。他还听见，电灯被打开，电源开关迟疑着到底是松了劲儿、被摁下了；继而是冰箱，被打开了，冰箱门的密封条绷着劲儿贴在一起，不愿彼此分离；易拉罐又打开了，也许是牛奶——一定是他白天从超市买回来的那种拉罐装旺仔牛奶——咚一声，落进垃圾筒。

他讨厌牛奶。志强想。

厨房的抽屉滑动，被拉开了。抽屉里的筷子，哗啦啦响，什么东西拨动着筷子。也许是一把调羹。

李唯一在梦游么？没有人会半夜起床只为了去厨房把玩调羹和筷子。

几分钟过去了——也许没有那么久，只是十二点的钟声之后，志强对时间的感觉就失去了自信——窗外的雨声突然变大，那么，果真是落雨了。雨滴落在外窗台上，仿佛有人在窗外卖力地敲打玻璃，以便唤起他的注意。

志强始终没有睁开眼睛，他希望黑暗会让听觉更敏锐，到后来他几乎都屏住了呼吸，也是为了听得更清楚——这是部队教会他的不多几样事之一——但他没听见儿子弄出更多的响动。

也许儿子半夜三更起床，只是去喝水、去洗手间，也许他只是去做那些凡人们闭上眼睛也能去做的事，也许从没什么反常，也许他只是不适应这张太漂亮的床，也许所有厄运也都不会降临……他默念着，这让他自己想起了那些定时祈祷的宗教徒。祈祷真有用处么？他不知道。外面大雨倾盆，任何失眠者都不会喜欢这嘈杂的背景音，似乎还有气势汹汹的风，不知何时平地而起，呼啦啦地似是掀动着楼下自行车棚顶的防雨布。

他忽然听见，他这间卧室虚掩的房门，正在被推开。客厅的白炽灯光蓦然漏进来一些，投在他紧闭的眼皮上，制造出几丛疏朗的影子，仿佛在漆黑的火车洞内往洞口的方向走过去，这时的光芒是有形体的，会越来越大，越来越近，越来越亮。

他感到眼皮颤动了几下。他坚持着没睁眼。

他知道李唯一走进来了，他知道此刻自己唯有装作熟睡，别无选择。

他还知道儿子走得很慢，但拖鞋蹭着地板的啪嗒声，又自有一种稳重的节奏。

也许儿子只是来拿什么东西，也许他下一秒就会离开他的床头。

风声、雨声，似乎也失去气力似的，重新变得微弱。志强哪怕闭着眼睛，也依然能看见自己的眼皮上的那些东西——眼皮就像两块对焦不准的电影屏幕，上面有朦胧不清的灰色人影，影影绰绰地来回游弋。

他不知道自己还能坚持多久，原来装作熟睡比失眠者试图入睡，都更要困难。一秒、两秒……他全身都像做前列腺检查那样猛不丁地紧缩。他突然感觉不到自己双脚的位置，也许它们什么时候已经自顾自抽动起来，也许它们已经向李唯一泄露出他的秘密、他这可笑的装睡的把戏——他是一位多么愚蠢的父亲啊。

啪嗒啪嗒的脚步声，从远及近，近到像要抵拢他的耳廓。

李唯一似乎正站在床边。他在做什么？咬着手指头欣赏父亲睡觉的模样么？他小时候倒真这么干过，那时他的大眼睛像黑暗中的宝石。他是预备揭穿父亲愚蠢的装睡的主意吗？

古怪的时刻总是漫长，志强感到自己坚持了一个世纪，啪嗒啪嗒的脚步声，终于慢慢地，往远处去了。

直到志强确信，李唯一已经走到卧室门附近了。

志强感到全身呼啦一下，松弛下来，只有心脏仍然狂跳，咚咚的始终像窗外的雨声一般，急促、莽撞。突如其来的松弛也解放了眼皮，他睁开眼睛，准确说，他眨了眨眼。这个夜晚他最辛苦的伙伴就是眼皮了，替他隔开了多少难堪啊。他得让它们放松、休息，接下来如果他还能侥幸入睡的话，还得拜托眼皮的鼎力协助。

他就这样，看见了，他都看见了——李唯一正往门外走去，他仍穿着白天的衬衫、牛仔裤，这说明他从未入睡，连睡觉的打算都没有。

儿子的背影，在客厅光照下，呈现为一具边缘模糊的剪影，唯有左手上的一道闪光，是剪影照片中曝光过度的部分。

志强开始害怕，怕李唯一忽然转身，于是下意识又闭上了眼睛——这是一个失败的决定，因为闭上双眼就像信号中断的电视，画面始终停留在那最恐怖的一帧。

李唯一左手捏着一把刀，那把切骨刀。

"来得好快……"志强在心里说，"报应。"

31

可是，他为什么没下手？他应该果断下手的不是么，他从不是一个犹豫怯懦的孩子，他只是古怪。他还会回来么？再回来吧，孩子，算是爸爸祈求你了，祈求你回来，把那一刀扎进我的胸膛来。

他值得李唯一对他这样来一刀，最好从脖子开始，到胸腔结束，直接令呼吸衰竭，这也是部队教会他的事，不过从未见证过。那么他的死因，会跟自己的父亲一样，是呼吸衰竭。父子本就应该死在同一件事情上的不是么？不过父亲是可以怪罪于"失灵"的呼吸器的，他自己谁也不怪。

志强已经弄不清自己的眼睛是闭上还是睁开了，反正眼前都一样，只有暗沉沉的黑夜。黑暗中他竟然仿佛看见了自己，他看见自己往病床俯下身去，他看见自己佝偻着的背，他看见自己伸出一只手，五指张开，依然灵巧，像某种蛙类带黏性的掌，手掌一接触那个半球形的透明东西，就贴上去了，他没法让自己的手离开那个东西——父亲的呼吸器。他还看见手掌下方，老人的喉结有细微的艰难的抽动，看见半透明的软管中一团黄绿色的痰块。他觉得这呼吸器简直就是一个人长出来一副多余的口腔，让眼前的老人酷似深海中鼓起腮帮的丑陋又古怪的某种鱼类。

医院的窗外，附近小学广播体操的配乐欢快地奏响，孩子们的尖叫与奔跑声，跟乐声配合得天衣无缝，都是蹦蹦跳跳的。这是成都难得的晴日。志强想起小时候，每天就盼望着出太阳，尤其冬天，因为出太阳的日子里，家人会一起行动，搬出所有的被褥，在门前的皂角树之间拉起晾衣绳，把床单被子统统挂上去。用不了多久，阳光就腾挪了位置，那就再挪挪床单——这是志强的工作，谁让他在家里个子最高呢。而他盼望出太阳的缘由，是因为他终于能为家里做一件事了。晴天就是他被家人需要的日子，这种满足感多好，像太阳晒过的床单，一连几天在心里硬挺挺的。狭窄的星月巷那点可怜的日照，移动得非常快，一不留神，最好的光线、最好的时候，倏忽而逝。而要等下一轮晴日，又是遥遥无期。

多好的天气。这样的天气，最适合生命的诞生，也适合生命的离去。

"他不想治了……"李建军说，不过他们兄妹三人都听父亲说了同样的话，父亲说话的时候那个丑陋的呼吸器一蹦一蹦的，很欢快的样子。"他太难熬了。"志强想，他们的父亲能熬过做佣人做苦力，熬过饥饿，就是熬不过呼吸器。

于是，他们就得判断这句话。兄妹三人也是这么干的。他们心照不宣地从病房撤出来，一直走到医院那扇白油漆未干的大门外。门外的气息就跟医院大不一样了，来往的行人与远处高楼顶端的招牌，纷乱却乱中有序，仿佛有意给他们这样的提示：生活哪怕一团乱麻，也并不意味着就出了多大的错。

他们不自觉地放低了声音说话，连李晓西都轻言细语。他们彼此闪躲的目光，在路人看来，一定像是三方势力不得已正在进行某种诡秘的谋划。

李建军说，"我们撑不了多久，他都知道。他也知道他撑不了多久，没意义……"

李晓西说，"他糊涂了，你们也都糊涂了么？"

志强沉默，他想起也是他们三个，在前几天烧掉了母亲。

192

这天做出的决定是，几天后，由志强的右手，在父亲的呼吸器上停留一阵子。这一阵子他想的全是母亲，他在心里一遍遍对母亲解释，都是这双手干的，而自己对这双手又失去了控制。

这失控的几秒或几分，那个声音始终在他身后飘荡，仿佛矢志不渝的情人非要咬住你的耳朵。

"送他一程。"那个声音说。

"为什么不是你？"他问那个声音。

"我已经做过一次了。"那个声音回答。

"嗯？"

那个声音再没回答了。但有时候沉默反而能倾诉更多，让志强不得不想到那件可怕的事，李建军做过一次的事，是母亲。他在母亲的沉默与死亡方式之间，建立起了一种貌似合理的联系。

"是的，我送了她一程……"也是那一天在医院门外的时候，在他们做出决定之前，李建军靠在白栏杆上，不知道什么时候开始哭起来的，反正志强看他的时候，他已经哭得泣不成声。也许他并不知道白色油漆在他后背上印出竖向的几道，跟成都动物园瘦骨嶙峋的斑马似的。"她这样告诉过我，她希望我送她一程，只要到一定时候……当时我拒绝了……但我不知……道怎么，那时候，我看见她那么痛苦，真的是痛苦极了，我就心软了，我控制不了……"

李建军兴许是刚剪短的头发，薄薄一层贴着头皮的绒毛，还有那种沮丧到极点的神情、斜靠在栏杆上的样子……

这一切都只会属于那些入狱的死刑犯。"我还能怎么办呢？我只是，送了她一程，她走得很平静，我看她闭上眼睛，真是太平静了，我不明白，为什么我当时感觉跟现在这么不一样，现在我快疯了，我不知道该怎么办。他们知道他们迟早把我们拖死，他们想让我这么做，我只能这么想，要不我这几天每天都像长了个疯子的脑子……"

李建军说着突然站起身，死死地抱住了志强。

志强有一万个问题，但一被李建军抱住就问不出口了。他只好用力拍打着兄长衣服后背上的油漆印，他希望这动作像是一种安慰。但都怨这些拍不掉的印迹，逼得他下手越来越重。他拍得越重，李建军搂志强也搂得越用力。到后来，他们几乎像貌似紧密拥抱，其实都在暗中使劲的、难舍难分的两名拳击手了。

"我求你了，求你了，帮帮我，帮帮我们全家，帮帮你自己。李唯一不是需要房子么，我答应你，房子会有的，只要你现在帮我一把。但我不能让晓西去，她是女的，我们是男的，这时候家里的男的不是应该站出来吗？……"李建军贴上志强的耳朵说着。如果志强不点头，他没准下一步的打算也是咬下志强的半只耳朵——拳击手的小伎俩。或者，他将用手肘勒住他的喉咙，直到他呼吸衰竭并最终停止。不是么，反正他这么干过一次了。他这么干过一次了。他怎么做到的？他没说。他始终说的是，"我求你了，我不能再做一次了，我会死的……但是我们住不起医院，再这样下去，我们都得死了。你看见这个了吗？你看见了吗？你有这么多钱？我没有，我把自己卖了都没有这么多，晓西是女的，她也没有，你说我们怎么办？都跳到锦江里去吗？"他手心攥着一沓医院的收费单据。

"我知道，如果跳到锦江能解决问题，我就跳了，但这个……我真的做不了，谁都不能这么干。"志强说。

"那我们就全完蛋了。我就完蛋了。我要去自首！"李建军贴在志强耳边说，声音大得把他的耳朵都震痛了。李建军把鼻涕蹭在他的脖颈里，还把厚厚的收费单据放进他的口袋里，把一切肮脏污秽的、他不想要的，都往他身上塞来。

可是，李建军怎么知道后来自首的不是自己，而是儿子李杰呢？——对凡人来说，报应一向来得很快。

谁不会死呢？此刻志强在黑暗中思索，这种大雨倾盆的夜，会有多少老人在弥留之际阖上眼睑？多少新生儿由于先天不足被遗弃在保温箱？甚至多少人连出生都赶不上，直接烟消云散——李所有不是这样么？但李所有如果出生，会跟志强一样，成为家中最无足轻重的第二个儿子么，穿李建军穿过的衣服，背李建军背过的书包，哪怕离家多年也不能拒绝李建军提出的任何要求？

不，他不会的。志强会像对李唯一同样地对待他。两个男孩，会一起吵吵闹闹地长大，为争夺电视遥控器或玩具汽车大打出手，再鼻青脸肿的一道被父母责骂。到青春期，他们会变得难以理解，于是他们彼此倾吐秘密，为自以为骗过了父母的那些小手段而沾沾自喜，甚至躲在厕所吸烟，要不也是在火车站小卖部偷偷买罐啤酒喝，被酒精与气泡呛得不停流眼泪……这些从未发生过的幻象，在志强的脑海里逐渐清晰，甚至比已然过去的二十多年的岁月更清晰。

这一晚，李唯一没有再回到志强的床前。志强也再未入睡，也许曾睡着几分钟，他自己也不确定。半梦半醒中，他更像是躺在时空穿梭机上，翻江倒海地迅速过完了一生。最后他变成了自己那位迟暮的老父亲，衰弱而平静，感觉不到烈阳放射的光明，只觉得前路黯淡无光，只身无处可安放。

那么，这样的时候，除了祈求速亡，还能怎么样呢？

"没意义了，都没意义了，这是他们最后能给我们的，换作是我，我也想李杰这么对我，我这种废物，活着做什么呢……"李建军在事后说，志强不知道这是否是李建军对他所做的这一切表示出的违心的安慰。无关紧要了，他想，如果换作自己躺在医院，他也会做出同样的选择。只要是为了孩子。

所以这一刀，只能由李唯一来刺，哪怕李晓西也不能。李晓西刺过他和李建军各一刀之后，志强的心里倒是好过了一些。也许现在他更需要被李唯一刺一刀。父亲最终对他说出的话，仍是那句"小地痞流氓样"。小时候志强会因为得到这样的评价而备感委屈，他老实又怯懦，他认为自己与他心目中无畏无惧的地痞流氓的形象相去甚远。然而在医院那一天，他觉得父亲终于说中了，不过他能感觉到父亲语气中的善意与呵护，他甚至感到了父亲的感激与赞许。

他取下了呼吸器，像完成一个承诺。

之后他长出一口气，仿佛替父亲完成最后一次呼吸。他看见父亲的瞳孔，像腐败的果子呈现五光十色的溃烂迹象，他被这种迹象惊呆了，直到那两只果子完全沉寂，他转回头，看见李晓西。

她还穿着母亲葬礼上那件白色棉衫，挺直了背站在床尾的样子，就像一个天使。这天使摇着头，两只拳头在腿边捏紧了，又放开，再捏紧，像要去抓住什么东西。几天之后志强被李晓西的水果刀刺伤大腿后，才恍然大悟，这天使那天是想在手里抓一把刀的吧。

32

第二天李唯一醒来，只觉得头疼欲裂。外面依然是阴天，不过也不一定，屋里的人并不能通过朝北的窗户辨识阴晴。他的身体醒来了，但大脑还停留在昨夜。昨夜的大脑无法接受今天的身体，于是他被分裂成两部分。他想起床，也为此跟自己的身体做了一番挣扎。而身体总是胜利的一方。

昨夜与小安对话的窗口，仍然停留在电脑显示器上。他滑动鼠标，屏幕刺啦一声亮了，他看见小安对自己的最终判决，"你是那样的人，但我不是。"就像无法删除的病毒文件。

互联网的发明是人类为自取灭亡干过的最愚蠢的事，他想。

他毫无必要地拔了网线，又重新躺回床上，然后他逐渐回忆起，如果不是互联网，昨夜他就不能跟小安对话，他再心急要说话，也得像他父亲当年那样，写一封慢吞吞的信，再等待慢吞吞的回信。尽管他自认为语气十分卑微了，但从对话框内那些冰冷的深蓝色文字上，小安又怎么能看出他的语气来？

他这样开始："她很漂亮，是你的新朋友吗？"

"新朋友"的说法，让他费尽脑筋。

一定是被窗外的雨蛊惑，该死。早晨回想起来，他懊恼于自己没能忍住疑问，他应该一直忍到跟小安见面，反正见面后他有大把时间来把满肚子的问号挨个弄直。可他不知怎么想起了堂哥李杰，是李杰的教训让他觉得再也忍不下去了，简直忍无可忍，他还感到身负着紧迫的责任感，必须提醒小安，女人是麻烦的根源，男人的伙伴只能是男人。

"是女朋友！"小安迅速回复，那个深蓝色的头像看上去，就像随后那个叹号，也神采飞扬的。

李唯一斟酌着"女朋友"的说法，断定一定与通常意义上的女朋友的定义大相径庭。因为小安怎么可能有女朋友呢？明明他们都认为女孩们无知又脆弱，动不动就歇斯底里，不是像母亲小雁那样哀怨，就是像姑妈李晓西那样莽撞，女人只会让他和小安这种人得不偿失。

"女朋友？"他又问，脑子里还飞速盘旋着另一个问题——小安还能上网，难道他压根儿就没有上火车吗？

"你有女朋友了吗？"小安问。李唯一觉得连小安使用的蓝色宋体，都在宣示着他谈起女朋友这个话题的时候有多么兴致勃勃。

"没有。"他如实答复。

"哈哈，女朋友，我也是有女朋友的人了哦。"小安说。

李唯一彻底愣住了。这场聊天让他感觉前所未有地怪异，似乎电脑那边是另外一个人，而不是他熟悉的朋友。于是他很久也没能敲下一个字，这简直与他历来对待小安的原则背道而驰。他一直以来都对小安有求必应，他总是以最快的速度回复小安任何消息。这种拖延不是他习惯的对待朋友的方式，他为此自责，又因为自责而更加忧虑，再因为忧虑而更感到无言以对。

小安又发来消息，是三个害羞表情，后面一段话："哦？你得抓把紧了！你要有信心啊！你看，我以前都认为没一个女孩会爱上我，但现在我才不这样想呢。你总会遇见一个女孩的，让你觉得跟她说句话或者听她说句话都特别兴奋，这就是爱啊。她会撒娇，会耍赖，会陪你做很多事，然后，你也得为她做很多事，不过你心甘情愿，你从前根本不知道自己会为哪个人这么心甘情愿。"

我当然知道，为你就是。李唯一想，不过他接着往下看。

"从小到大都是别人为我做事，我还没为别人做过这么多事呢。但这都不是关键，关键是，她还会改变你。哦，现在你如果看见我，就知道我的变化有多大了。我觉得我开朗多了，现在对什么事也看得更开，觉得没什么，因为我足够幸福了。所以，嘿嘿，我是说，你也会遇上属于你的那个女娃娃的。"

李唯一发给小安三个问号。

没准正是这三个问号，激发了小安的兴致呢。小安的消息开始失控，开始夹杂无数表情图标，花花绿绿，让李唯一眼花缭乱。他甚至怀疑是那个女孩代替小安说出这些天真又可怕的话，这多像她们那种女孩会说的话呀："还有……（大笑表情）幸好我当初到北京读书了，才会遇上她，我觉得她是我最重要的人。我好像还蛮幸运的（害羞表情）。对了，我晚回成都几天（微笑表情）。"

李唯一一把拔了电脑电源，屏幕忽地黑下去了。室内没开灯，他就一动不动地跟电脑呆在一起。过了一会儿，他发现自己沮丧的脸，就映在正对自己的这块黑屏上，屏幕深处的脸很清晰，只是因为变形，显得特别丑陋，总之这张脸让他越看越生气。

于是干脆又重新打开电脑。他来不及等电脑完成系统检测了，选择了直接开机，直接登录 QQ，遗憾地发现他并没有错过一条新消息。而他明明觉得自己听见了电脑里那个提示"您有新消息"的女声。

他飞快敲下一行字，"你怎么可以晚几天?"重重按下发送键，把手指头都弄痛了。按过他觉得自己还有什么话没说完，又在气头上想不出来。

小安回复的，仍是一个表情，表示惊讶。他想起他们曾经开玩笑说过这个表情，因为看上去一点也不让人惊讶，只让人觉得痴呆。

他回了小安一个同样的痴呆表情，又觉得这个愚蠢的表情不足以表达内心的愤怒。然而那边迟迟没有动静，于是他再敲下一行字，直接表达愤怒，"你这个骗子，你一直在骗我，你跟你的女朋友？你最重要的人？你真让我恶心（大怒表情）！"

摁过回车键，他气呼呼的，半躺在椅子里，思索还能不能把这句话撤回来。

不知道过去了多久，李唯一只觉得精疲力尽，就打算要第二次关机了。小安发过来大段文字。李唯一着急扑上大半个身子，看那些深蓝色小字，全都抖起来了，密密麻麻，根本看不清楚。视线越来越模糊，也不知道正一股一股地涌上眼球的东西，是泪还是血——他全身燥热，似乎全部血液都在往两只眼睛涌来，眼球都要被冲破似的。

过了一会儿，他终于看清了。小安写道，"唯一，你对我是不是有什么误解（微笑表情）？我们是好兄弟，你不应该为我高兴吗（痴呆表情）？不高兴也没关系，我希望你开心。其实我一直想对你说，你不觉得你有什么事没告诉我吗？你好像对女人一点兴趣也没有……如果你喜欢男人，那也没关系，这种事，很正常。我理解，真的，你不用担心我看出来，我们关系这么好，我谁也不会告诉的，只要你让我保密，我到死也不会说。哪怕你不想告诉我，我也明白。我不会生你的气（微笑表情）。"

李唯一完全回忆不起自己是怎么走出卧室，来到客厅的。他只记得体内有一种巨大的惊骇，像癫狂的小狗在身体里左奔右突，把小安那些话撞得七零八落。他觉得从来就不认识自己一样，在二十岁之际的这个晚上，他发现自己跟自己形同陌路了。

他当然还能回想起，其实他走出卧室，是想要找到某样东西的。但始终想不出来那样东西是什么。客厅白天的时候被志强收拾过，夜晚也让他看见的每一样东西都变得陌生，而且面目狰狞，于是他一无所获。哪怕打开了灯，他看见音乐角那张沙发上的白色毛毯，原本胡乱扔在扶手上，现在被叠成横平竖直的豆腐块。他知道志强在部队就是叠这种"豆腐块儿"的第一名。父亲确实有双巧手。

他又去了厨房，打开冰箱，在冰箱里，他看见了牛奶，让他整个童年都充满恶心的腥味的牛奶，如今依然包装丑陋，看一眼都令人厌恶要死。红色包装上有一个没长什么头发的小子，翻着白眼，以两个硕大的眼白，冲他傻笑。他觉得肠胃里全被灌满了牛奶似的，肚子里翻江倒海的东西正往他的喉咙涌过来。他干呕了几声，但什么也没吐出来。他拉开抽屉，因为担心自己真吐出来，他下意识地想抓个容器之类的物件在手里。但抽屉里的筷子调羹乒乒碰撞的声音，也让他肠胃一阵阵痉挛。他还是一无所获。

他想到，这种恶心的感觉，也许跟牛奶完全没关系。因为整整一天——自从志强从天而降的时刻开始——他其实都在被这种酷似恶心的身体不适所折磨，只是到这样的时刻——夜深人静、万物休养的时刻——这种难以容忍的不适，终于抵达不可忍受的程度。

他该怎么向小安说明这一切？他对女人没兴趣，对男人也没兴趣，他只是想要一个伙伴，谁都不行，这伙伴只能是小安。他从小没朋友，没什么人配跟他做朋友，他是不应该做一名县城男孩的成都人——县城的男孩那么野蛮，成天只想去钻火车洞、玩幼稚的打仗游戏；女孩又那么愚蠢却总自以为是，他随口一句话都只会引得她们大惊小怪。

他把牛奶拿出来，丢进垃圾桶——咚的一声，把自己吓了一跳。这让他仿佛突然惊醒的梦游者，深陷困惑，让他困惑的问题，包括他身在何处，到底在寻找什么。只有失忆者才会明白这种茫然带来多么巨大的痛苦。

他环顾厨房，看到的每个角落都没有他需要的东西，全不是他需要的啊——为什么从小到大他周围就充斥着各种不需要的东西、各样不想见的人呢？

他看见那把刀，丑陋的切骨刀，因为它躺在抽屉最显眼的位置，刀锋弯曲的幅度就像街头最桀骜不驯的那种小流氓。他想这是所有东西里面他最不需要的一样了，它此时出现在他眼皮底下，就是对他处境的巨大嘲弄。冰箱的灯光，幽幽地照亮刀锋，上面反射的寒光也像一把凛冽的刀。

这把刀为什么会出现在这里？朦胧中他百思不解。

他想到的是，得把这些碍眼的东西统统拿走、扔得越远越好。

这些东西都让他想起小安。不，小安已经不再是他的小安了。他决定从这一刻开始，他就是安舜禹——看看，这名字多么狂妄不是，比李唯一的名字更狂妄。照安舜禹的说法，舜和禹都是古代的帝王，他拿两个帝王给自己做名字！这是一个全中国都不会有重名的名字。

只有这把刀不属于李唯一，也不属于安舜禹，这是志强的切骨刀。

于是他伸手握住了刀柄，感觉手心凉飕飕的。他走出了厨房。他要把这把刀还给志强，之后他会把所有硬塞给自己的不需要的东西都还给他，趁他此刻正睡在本该属于安舜禹的床上。

他来到床前，眼前的老者安静得像死去了一般。他在这张老脸上，看见了自己的样子。他忽然害怕极了，害怕自己也很快将变成年迈老者，再也没有冲动与惊喜发生，终日昏沉沉，似睡非睡——先是奶奶，之后是爷爷，现在是父亲，都是这样，慢慢就变成了糊涂虫。他还不知道，此刻在他体内涌动的，是曾经让他的父亲、他的父亲的父亲，同样感到孤独与无常的东西，毕竟他们流着相差无几的血液。

他佝偻着背，垂着头，站在床前。过了一会儿，他觉得自己再也直不起身来了。他对自己的震惊，已经演变成莫大的沮丧。他想起小时候那张三面临墙的像小棺材似的床铺。据说小雁临终前就一直躺在那张小床上，小床果然成了一口棺材。也许他也应该回到那张小床上去，不过他知道这再也不可能了，很多事都没法回到从前。

他来到厨房，将切骨刀轻轻地放回原位。

在电脑前，他没有坐下，而是弯腰，凑近键盘，打下一行字，"你开心就好。（微笑表情）"

他面带微笑，回到床上。直到第二天早晨，他看见安舜禹的回复，"你是那样的人，但我不是。"

想完这一切，他打开卧室门，带着从头再来的心情往外走。他看见对面卧室敞开的门。他迟疑了一下，有些懊悔又有些期待似的，后来他轻轻地走过去了。

他倚靠在门边，看着四角都铺得平平整整的床单，白底蓝格上的每个格子都对得整整齐齐，被子叠成豆腐块儿，站在床尾。志强不知道去哪里了，但李唯一知道，他确实是离开了。

33

这天天刚蒙蒙亮的时候，志强走出了星月小区，路过原本是陈氏祠堂的垃圾桶的位置，他扔进去一些垃圾，包括旺仔牛奶、青笋、毛肚和一把切骨刀。

空气里有种雨后初晴的味道，清新极了。枯枝败叶都黏附在地面的积水里，深浅不一的金黄颜色在微茫的晨曦中，像金属碎片般闪烁。他还是不知道要去哪里，只好沿着星月小区走了几圈。他一个人都没有遇见，只有几只早起的鸟懒洋洋地鸣叫。

他决定沿着路面没有积水的地方走，看上天会把他带去什么地方。好在他没有什么行李，只有一个小斜挎包，也是绿色的，劳保用品。他拥有的值得保留下来的东西都堆放在县城火车站的那间棚屋。那里也是他终将回去的地方。不过在那之前，也许上天还会把他带到别的地方去。他怀着这样的念头，走出了李唯一的家门。他想不辞而别也许是最好的选择，仿佛当年李唯一的离家出走一样。

这又是没有太阳的一天，路上行人车辆逐渐多起来，天色有细微的变化，逐渐明亮。这很像是一种好兆头，他这样想。他绕过了火车北站，径直往城北郊区走去，其实他并不知道这是什么方向。后来他感到饥饿，就在路边小店吃了一碗担担面，再接着走。越走房屋越少，行道树多起来，越来越密集，公路上区分车道的白色油漆，慢慢也看不见了。他再度感到饥饿，由此判断时间应该是临近中午。他怀疑自己已经来到了乡村。荒郊野外，田野在丘陵下蔓延，视野并不开阔，他能看见的最远处，有几栋彩色建筑，非常突兀地伫立在山丘下。他决定走去那里，他以为那会是一个村落。

又走了不知道多久，他看见四栋小楼，被刷成粉蓝、粉红、粉绿、粉紫色，都像水果糖一般粉嘟嘟的颜色。他一鼓作气，走到一扇雕龙画凤的铁门前。铁门敞开着，他抬头看见铁门上方几个同样粉嫩的金属字，养老院。

他想进去看看也行，找些吃的东西也行。他走进去，先绕过一座方形的喷泉，走进粉蓝色的小楼。他发现贸然闯入在这里似乎并不构成冒犯，因为他随即就被殷勤接待了。

一名白衣护士接待了他，她年轻得像李唯一，笑起来又像小雁。他被安排坐在巨大的黑色沙发正中央，就像当年与小雁第一次见面那张沙发一样。他还是不敢抬头，白衣护士身上似乎会冒出热气来，让他疲倦不堪。他确实一个上午都在走路。他被赠与茶水和小面包，他两口吃完面包。几张表格又被递送到他眼前。

他不需要自己填表，白衣护士握着纸笔，表示会替他完成。她开始提问，从他的出生年月问到工作单位，他逐一回答。她则埋头奋笔疾书。他发现，她每填过一项，脸上的笑容就增一分。

三张表填完，白衣护士的嘴，就笑得合不上了。

她给他续上茶水，自己飞快地跑去三楼主任办公室。她将三张表扔在主任的桌子上，宣告自己有多么优秀。她也没忘记要详细汇报：一位有退休工资的老工人，还有一个独生子，就在离这里三十公里远的星月小区居住，老人名下还有星月小区一套房产，而且他比养老院所有老人看起来都年轻十岁，只是精神不振，那也不需要太多医护照料——简直就是养老院欢迎的模范住户。

随后白衣护士又回到一楼大厅，她按照主任的吩咐，带领这位模范住户参观养老院。志强觉得自己也很喜欢这里的布局。四栋小楼后方，是一座花园，很大，满满都是葡萄架，只是葡萄收割的季节已经过去，葡萄藤大部分在萎黄、掉叶。花园中央有小池塘，想必曾经也是有喷泉的。水龙头在池塘中央冒出头来，池塘里没有水，喷泉也没有吐水，但他仿佛已经看到了好多的水珠儿，天女散花似的，在阳光下闪耀着七彩的光芒。

这时，他问小护士，"这里有几个志强？"

"什么?"她第一次被问这样的问题。

"我是问名字跟我一样,叫志强的,这里有几个?"

小护士暂时回答不了这个问题,不过她心情尚好,就答应他,会去查一下。为了鼓励他尽快做出入住的决定,她又说,"不是什么紧要的事的话,您只要住进来了,不是迟早都能知道有几个同名者么?"

志强同意了,他也不想给小姑娘添麻烦,如果真要住进来,他也不想让她认为他是个爱找麻烦的老头儿。

小护士像能看穿他的心思一般,见他沉默,又连连说,不麻烦、不麻烦。

她随即解释:"现在用电脑,只需要输入两个字,不到一秒钟,所有名字里有'志强'的人,就都出现了。"

"那么快?"

"当然,要不你以为呢?我还要去翻那种老古董一样的花名册么?我们疗养院是连锁的,除了这里,在城南、城东、城西各有分院,每处分院都有好几百位老人呢。我不仅能找到我们这里的志强,还能找到全城疗养院里的志强。不过,你为什么要找志强呢?就算是同名,又有什么关系呢,你过你的日子,别的志强过别的日子,又有什么影响呢?"

"是啊,"他边走边呢喃,不自觉地往来的方向退出去。他个子高走路快,小护士都差点跟不上他了,她不得不时常快跑几步。走到那扇雕龙画凤的铁门前的时候,他停下脚步,等她追上来。

她喘着气,听他对她说了一堆她听不懂的话,"是啊,又有什么影响呢？我小时候住星月巷，还有另外四位也叫志强，后来在部队，全连三位志强，都跟我同龄。工作以后遇到的志强就更多了，我跟他们除了名字一样，其他没一点相同的。还有那位地产商，竟然也叫志强。就是他认为星月巷拆得好，星月小区就该建起来，不是么。名字还是一样的，但除了名字，其他又都不一样了……"

因为没听懂，她决定打断他，她直接问他："你把我说糊涂了。我还是觉得没什么关系，我保证，不会让你和别的志强在同一层楼住，如果是同一层楼，那还真的会有些不方便。"养老院的工作让她们很擅长应付啰唆的老人。她的秘诀是，其实不用听老人在说什么，她只需要说自己想说的话就好。

志强想，这不就是小时候的星月巷么，每条巷子但凡有了志强，就不能再有别的志强了。

"那真是让你为难了，你是位好姑娘。"志强说。

好姑娘再也没等到这位模范顾客现身，他走的时候说是回去收拾一些东西就来，让儿子陪着一起来。她还以为他对这里恋恋不舍呢。

她站在门外，按照工作守则的要求，目送他离开，直到他走到第三棵泡桐树下，她就可以转身回去工作了。她发现，他的背驼得很厉害，走几步便耸耸肩，脖子乌龟出壳那样前伸，又迅速撤回来。这动作真不雅观，小护士想，如果以后他住进来了，她决定要督促他多做些锻炼，在那些彩色的健身器材中，就有一种，专门是针对这种点头哈腰的毛病的。

不过，她终究是很快忘记了这位志强，因为几个月后，她接待了另一位志强，然后她才想起李志强，然后她认定，他是不会再来了，但也许他明天就来了，她就不去想了。

34

志强在成都火车北站过了一夜，第二天坐上回县城的火车。他这样的铁路职工，很明白如何在火车站过夜才舒服又安全。铁路票务系统这些年升级过很多次，免票乘车的福利不再能光凭挥挥工作证就享受到了。志强就在售票口排队买票，他在售票大厅看出了几个扒手，不过他什么也没说。

县城火车站职工小区如今是一片巨大的砖石瓦砾的废墟。他的棚屋就在这堆砖石瓦砾的边缘。他惊讶地发现棚屋还在，而且木门上的挂锁完好无损，弯成门闩的铁丝就算是电务段所有铁丝里标号最粗的，要拆掉也很容易，只用在木门上多写个"拆"字。

棚屋与从前相比，还有一处变化是墙上的洞被堵住了。

他在小床上躺下来。小床是李唯一从前睡觉的那张。拆迁前志强把小床和别的一些小件物品搬到了棚屋，再多的东西棚屋也放不下了。因此棚屋变得格外拥挤，要侧着身走、不断试探，才能找到下一步的落脚处。这棚屋多边形的设计其实只不过是让空间看起来大一些罢了，东西增多起来就会

210

发现，多边形的面积反而最小。

他四十多个小时没睡过觉，这四十多个小时里，他走了五十多公里的路，又坐了十个小时硬座车。他看着棚屋顶，一道一道的日光从彩棉瓦的断裂处泻进室内，阳光都变得像武侠电影里的刀光剑影，在他脑海里迅速飞逝与盘旋。

他睡着了。也不知道自己睡了多久，自从职工小区被拆，他似乎就没睡得这么安稳过。醒来后见仍是白天，房顶仍在漏下刀光剑影似的烈阳，山区的太阳比盆地来得慷慨。

他听见外面嘈杂的声响，工人或者别的什么人，吵吵闹闹，偶尔大声开些粗俗的玩笑。不过志强还是一动也不想动，连翻身都做不到。他躺得规规矩矩，用在部队就养成的标准睡姿。他想只要自己不动，是不是这世界就拿他没办法了，就跟他拿这世界毫无办法一样。

他有什么办法呢？之前电务段段长就表示过，单位没有多余的宿舍给他住。志强对李唯一说自己暂时住在电务段，是撒谎了。电务段的理由还是因为他拒绝拆掉这座棚屋。

"我只会盖，不会拆。"无论谁来劝说，他都这样回答人家。

"拆不比盖容易？"有人会这样问。

"容易？是，太容易了。"

渐渐地，就有不同的声音来告诉他，"拆完了你再来上班，要不就只能让你下岗了。"

他还是心平气和地答，"我只会盖，不会拆。你们那么会拆，你们拆。"说完他又担心他们真的来拆。

211

于是他才决定要去一趟成都，他觉得对这些来劝说他的人都烦透了，想躲几天。

他也想过，等自己从成都回来，也许棚屋就已经不存在了。那倒是不错的，至少不是他自己动手的。他下不去手。

其实他还有一个从没说出口的想法，那就是也许他可以一直待在成都，再不回县城了呢。

他只是在自己心里问过小雁，有没有这样的可能？然后他很快替小雁给了自己一个否定的答案。他想她会害怕的，他不能把她独自留在县城。

小雁是在这张小床上去世的，弥留之际，志强看见她惨白的脸，觉得就像第一次见她时一样。

她说，唯一这个名字，真的没取好。

他不知道她这时候说这个，还有什么必要。

小雁去世后，志强就经常梦见李唯一。他从来没有梦见过小雁。有一次，他在梦中问儿子，你是唯一还是所有？李唯一在梦里变得特别小，似乎还在襁褓中，咬着手指头对他摇头。志强又问，你出走前，我在你书桌最里面发现那张纸条，写着"为报复而学习"，你是要报复，还是要抱负呢？李唯一还是摇头，志强觉得这是因为这两个问题他都没听懂。醒来之后，他就去了成都，他想得当面问问儿子这两个问题。谁知道见到李唯一之后，他一个问题也没有想起来，早知道就不去这一趟了。

因为拆棚屋的任务他没法完成，志强回县城火车站之后，又接到电务段的通知，让他暂时先不用去上班了。从前的段长早就退休，新任段长的普通话讲得字正腔圆："支持铁路建设，是职工应尽的义务。你什么时候拆了违章建筑，我们再谈。"志强不知道他跟这位比自己年轻许多的段长该"再谈"什么，明明所有人都知道他最不擅长的就是谈话。

既然不必上班，他回来之后的日子就更难打发。他隔几天就去公墓看看小雁。去公墓的小道，离火车站不远，从那个废弃的火车洞所在的后山，走上九十九步台阶到山腰，就到了。于是他便时常经过那个火车洞。许多年过去，火车洞口堆积的垃圾数量比从前多了很多，垃圾山膨胀了数十倍，几乎堵住了洞口。职工小区拆过以后，居民们废弃的家具电器，大都被搬运到这里来，等待处置，废家具沿着废铁轨摆了一路，像一个大型旧货售卖市场。只是那些家具多数残破，电视柜没有腿，椅子没有靠背，储物柜门的玻璃碎了，尖锐的碎片天然就在发出危险的警示。不过有时候还能在家具的玻璃上发现残留的照片，往往都是一家三口，笑得很甜，还有各个年代的卡通贴纸，在家具上揭不掉。有一次志强甚至发现脏污的花盆里，还冒出两片鲜嫩的绿芽来。

就这样过了一段日子，天气转凉，十一月中旬的一天，早晨竟然飘起了雪花。洪水之年后这片山坳就再没人见过一粒雪。这场雪来得快，去得也快，到中午见雪停，志强就想去看看小雁。

他走到那个火车洞口，想起1982年那场雪，那种铺天盖地啊，怕是往后再也见不到了。这时他看见一辆粉蓝色婴儿车，小轮子和钢质的骨架，几乎完好无损，也被扔在这里了。他感到可惜，不过他也不能把它带回棚屋去。他抓起车头上毛茸茸的小挂件，他认得这是机器猫。机器猫曾经的主人想来也该是个男孩。志强当然还会在这时想起自己制作的那辆竹质婴儿车，它最终的归宿也是这个废弃的火车洞。

幸好这里还有一个废弃的火车洞，他想，要不这么多被遗弃的无用之物，人们就没地方可扔了。这个世界如今太挤了，挤得连扔东西的地方都没有了。

当天，志强就带着铺盖被褥，住进了火车洞。

既然他没个地方能安置这些不该被废弃的东西，不如把自己也安置在这里。这里什么都有。

县城火车站往后再没人见过志强。在有关志强的许多种传闻中，人们都相信一种，那就是志强回到成都了。他本就是"成都师傅"，这样一想所有人都感到释然。于是没多久就没人再记得志强了。

35

李唯一换了一家火锅店做保安，因为他有很多关于嘉华火锅店的事儿可以告诉现任老板，这让他的工作变得十分轻松。他认为自己的生活和从前也没有什么不同。

最大的改变也许是他跟在这座城市里长大的所有年轻男人，不再有任何区别，再没人怀疑过他是外地县城来的人，都相信他住在星月小区，说着标准的成都话，是地道的成都娃娃。何况他还有那么多朋友，男女都有，他跟他们成天嘻嘻哈哈的，都很开心。只是很细心的朋友才会发现，很多问题李唯一从来避而不谈，他认为这样才会比较容易交朋友。

因为他始终在星月小区的绿楼独居，因此他的房子就特别适合朋友们的聚会了。但从没人在他家里留宿过，相当多的人都对李唯一家中始终上锁的那间卧室格外好奇——这间卧室也是李唯一避而不谈的话题之一。

除了诡异的卧室，在朋友们眼里，李唯一还有个怪癖，他总在午夜之前将朋友们都赶走，无论他们刚刚玩闹得有多开心，仿佛他是过了午夜就会丢失水晶鞋的灰姑娘。后来他们真的用"灰姑娘"的绰号称呼李唯一了，那李唯一也从不生气。只有他自己知道，这外号从某种意义上说，还是挺准确的。

他很少再想起县城了，偶尔想起，也决定过一段时间就回县城火车站去看看志强，他确实很久也没有志强的消息了，不过这个计划总是被没来由地拖延。他觉得自己是害怕与志强面对面。至于为什么害怕，他还没有思考出原因。他觉得自己总有一天会想明白原因的，到时他就自然会回去的。但倏忽间就过去了两年。现在时间再也不需要他来对付了，突然就变得很快。

2004年夏天，他接到表妹薇薇的电话，得知薇薇已经考上了成都的大学，开学前想见见表哥。他只能想起那个八岁的表妹的愚蠢模样，觉得自己并不想见她。但薇薇说她已经在楼下了，他才无可奈何地打开门禁。

215

薇薇跟成都的女孩很不一样。她通红的脸颊只能来自山区日照持之以恒的滋养。她对李唯一倒一点儿也不生分，仿佛他们并不是九年没见面，而只不过小别了几分钟。她径直走进来，敲敲墙，又敲敲卧室的门，一副高高在上的、审视的神情，这让李唯一突然就觉得又回到了县城。只有县城那些人，才从不认为在别人家应当表现含蓄，他们都相信自己越不见外，就是对主人越尊重。

"唯一哥哥，你自己住这么大房子？太好了，以后我有地方可以蹭吃蹭喝了。"薇薇把自己放上阳台的躺椅，两条小短腿就在半空晃来晃去。

"薇薇，你是离家出走出来的么？"李唯一问。

"当然不是，你才离家出走呢。我是来上大学的。"薇薇扬扬得意。

"那么多地方那么多学校你不去，你来成都干吗？"

薇薇反问，"唯一哥哥，你为什么来成都？因为你来成都了，我也想来成都。"

李唯一说，"千万不要，这地方会让你有口臭，因为从来不需要说话，也找不到人说话，要说话还是去北京吧。"

薇薇惊讶极了，"北京？"

"是的，北京。北京娃娃跟成都的不一样，北京天天天晴，但是你看，我们抬头一看，都是乌云。"

薇薇抬头了，她只看见小阳台的天花板，角落处渗出水渍，成都果然是座湿漉漉的城市。她的内衣已经好几天没有晾干了。但她对北京一无所知，在她十七八年的生命中，她始终得益于无知带来的快乐。她确实很快乐，快乐的首要原则，便是不去怀疑任何人、任何事。

她仰着脖子喃喃自语似的，"那么，就去北京吧，不过……"她感觉自己像在经历一个很奇异的魔术，因为当她放下脖子的时候，再看什么，都感觉有些不一样了。她看了看火车北站残破的墙面，地面昏黄的积水反射着黑暗的光泽，所有东西都黯淡了几分似的。她不至于为这瞬间的幻象而迷惑——很多人都会被迷惑，但她不会。

"不过什么？担心我又哄你？"李唯一对薇薇没什么耐心，她们喜欢让简单的问题变得复杂，消磨你更多耐心。他只是对当年的事件心怀愧疚，从生宝宝这个两人都不当真的游戏开始，他的生活似乎就开始加速，直到滑向另外的方向。由此他感觉他与她的命运确实存在关联，不仅仅是拥有一部分近似的血缘成分，于是他没准有这种必要——给这个蠢货指指路。

"那倒不是，你是说你哄我宝宝是怎么来的那次？"薇薇说，"对我来说，你说什么我都信，这样最简单。"

"那很好。"

"我只是想问，怎么去北京？"

李唯一认真地想了想，他确实知道一个去北京的办法，他告诉薇薇，考研究生。"我有一个朋友，在北京，他就是这么去的。"

"那还早着呢，我刚开始上本科，你跟我说那么远的事。"

"嗯，那说从前吧。"

"也没什么好说，那个游戏吗？我不在意，我只是那次之后经常做梦，梦见我什么也没穿，周围全是人，我不认识的人。每次都被自己吓醒。"

"那我想我该说，我很抱歉。"

"哦？别这么说，不过是个……梦。"她哽咽了，过了一会儿，才接着说，"该死，我们都很抱歉，谁敢说自己不抱歉呢？"

"也对。"

我是你的所有，还是你的唯一

（后记）

我小时候是一个不太开心的孩子。那时候的照片上，我看起来都气呼呼的，偶尔还显得苦大仇深。只是，我们这种孩子有什么苦和仇呢？独生子女一代，父母长辈溺爱有加。上世纪八九十年代的生活，尽管普遍谈不上富裕，阶层尚未显著分化，我们把日子过得相差无几，但父母一定会在能力范围内倾其所有，让我们过得更好一点、再好一点。只要不是太过分太夸张，我们的要求都会得到满足。于是我们也顺理成章地，被说成是温室的花朵，是不经风雨不知愁的金丝雀。我们被严格管束与精心保护。独苗们各自长大，无从倾诉，内心敏感又脆弱。

我们被寄予厚望，在山区县城，这种厚望便更厚重一分。起因也是我后来才明白过来的：那时候我父母的同龄人中其实藏龙卧虎。这些叔叔阿姨，在多年前因为各种缘故到偏远山区安家落户。大部分是知青，或当兵转业来的，也有不少是三线建设时期入四川，当然还有是为航天事业来这里某秘密基地工作……他们见识过外面的大世

219

界，再一辈子待在山区小世界。县城有多小呢，小到连我们也放不下了。和他们相比，在县城出生的我们，眼界就太狭小了，经历太寡淡了。他们也许会郁郁不平，但更多的也只是对命运感到无能为力罢了。而我们的降生，在灰扑扑的生活里，就像是一种希望了。只是这种希望，仅此一份——独生子女的时代开始了。我们成了唯一的孩子，成了家庭的所有。我们的悲喜与我们的责任同样微妙。而这一切的源头，想必都是因为爱吧。只是这种爱就像错位的齿轮，运转很吃力，很生涩，也很容易脱钩、毁灭。我不知道多少独生子女有过父子关系的困扰，我了解的情况，本质上都是因为爱不足以支撑起真正的交流。而理解向来比爱更困难。爱是自私的，理解需要更多无私。

如今，独生子女的时代确实是结束了。只是我们长大成人了，但还得在各种生活里摸爬滚打，眼下亦有眼下的烦恼。既然如今我常觉得很多写作是没有意义的无效写作，那么我愿意通过这部小说，去完成我们同时代人应该去完成的部分。每代人都有每代人的命，每代人也有每代人要解决的东西，对我自己而言，这部小说也许能解决的问题是，实现对父辈的理解或不理解——真正的理解或许并不存在，但如果能想明白为什么不理解，那其实也是一种理解了。

周李立

2020．2